破蛹而出

SURVIVING THE APPLEWHITES

史蒂芬妮・司・托蘭—著
Stephanie S. Tolan

柯倩華—譯

【譯者序】柯倩華（童書評論家）

蛻變的力量

這部小說曾於二〇〇五年由東方出版社以《創意學苑歷險》為中文書名出版，可惜後來絕版了。很高興現在幼獅文化願意讓這本好書重新上市，並讓譯文有修正更新的機會。新版書名改為《破蛹而出》，是為了更貼近故事整體涵意及核心概念。原文書名直譯的意思是「熬過了在艾柏懷家生活的種種困難挑戰後，活下來了！」也就是說，主角所經歷的考驗和成長，與故事探討的「家庭」議題有關。「創意學院」的教育觀點當然是重要的一部分，但是家人關係和家庭生活對小孩的影響，以及小孩如何奮力在家庭裡尋找自己的位置以建立良好的自我認識及自我肯定，則是整個故事的主軸。「破蛹而出」象徵主角的轉變與成長，也是一段重要的情節。譯文修改了多處譯名及敘述方式，使文字讀起來更自然流暢，從原先以為只要稍微潤飾到後來幾乎全部重新修正，又耗時半年多，感謝編輯和出版社的耐心與支持。

作者托蘭的寫作手法高明，寓意豐富卻不著痕跡。故事開場關於「自己的名字」的對話充滿對立情緒，結尾則以有如親密家人般閒聊「自己的顏色」，首尾對照呼應，都緊扣主題。艾柏懷家人一個一個出場的方式，幽默誇張而戲劇化，不僅說明角色、營造故事風格，同時又凸顯「每一個人都很獨特」的主題概念。作者曾表示最想「幫助孩子相信自己的價值，相信自己原本就是好的，相信真實的自己值得被愛。」故事裡兩個小孩伊迪及傑克就經歷了這樣的過程。

十二歲的伊迪喜歡規範又善於計畫，有條有理而且堅持到底，這些特質一般視為優點吧，但她卻常煩惱沮喪，因為她的家人都和她不一樣。他們都有突出的藝術才華及成就，喜歡無拘無束，經常處於混亂的狀態。伊迪覺得自己格格不入，懷疑自己不屬於這個家庭，甚至給自己取個新名字E.D.來安慰自己。她的家人帶給她很多麻煩，包括要她幫助傑克學習自主、負責和合作。

十三歲的傑克是令許多大人和小孩都望而生畏的「不良少年」，雙親因販毒入獄，謠傳他曾燒毀校舍，學校和寄養家庭都不願再收留他，艾柏懷家是他最後的機會，於是他很不情願的必須留在這個連他都覺得瘋狂的家庭裡。艾柏懷家的大人跟他以前認識的人很不一樣，他們對於傑克刻意搞怪的頭髮、服裝，講髒話和桀驁不馴的態度不以為意，就像容許豪爾的特立獨行；只是對抽菸、戴耳機這類行為卻絕對禁止，毫無商量餘地。他們讓傑克習以為常的世界逐漸崩解了。

看起來南轅北轍的E.D.和傑克有相同的目標：在這個家裡活下去，而且要活出真實的自己。只是「自己」是很複雜的概念：我夢想的自己、別人期望的自己、外表顯現的自己、內在隱藏的自己、現實的自己、潛能的自己……常令人困惑。當自己不同於（或比不上）家人，內心的壓力可能超乎外人想像。E.D.和傑克原本各有不同方式。E.D.追求良好成績，以證明自己的價值；傑克努力裝凶鬥狠，以獲得別人的重視。隨著有趣的情節推展，兩人從敵視、競爭到合作，一步一步認識對方，同時發現自己。無論我們被認為是「乖小孩」或「壞小孩」，可能都會遇到這樣的難題。或許我們都需要好好想一想，應該選擇什麼方式來面對挑戰。

艾柏懷家的人各有不同的個性和興趣，在同一個屋簷下爭吵、協商和擁抱。他們的差異使這個家庭有如百寶箱般精采豐富，不同的才華合作起來恰好截長補短，創造意想不到的能量，激發每個人突破和超越的力量。這樣的人生觀成為「創意學院」的基礎。

「創意學院」由學生自己決定學習的內容和進度，不過爺爺說「可別因為沒有老師整天跟在你身邊，就以為我們對教育不認真。」E.D.的自學計畫，一點也不隨便。自學的意思包括自己主動想學的意願，自己對自己的要求、檢查和評量。這個學院主張：「教育是不斷的冒險，為了探索生命的意義，並培養清晰思考的能力。」爺爺說教育是幫助學生了解自己的人生樂趣與方向；高文達思瓦密強調任何生命活動（包括學習）都必須有熱情。這個學校重視個體的獨立和獨特，也強調合作與社會責任。

這些教育觀念，實際應用在所有人合力製作演出的舞臺劇《真善美》。這齣美國百老匯經典音樂劇，是根據瑪麗亞．馮．崔普女士的回憶錄《馮．崔普家庭合唱團》改編而成。一九五五年在紐約首演，創下一千四百多場的票房紀錄。一九六五年改編成電影，獲得五項奧斯卡金像獎。音樂劇場黃金搭檔漢莫斯坦二世和羅傑斯兩人合作的詞曲音樂，特別為人稱道。雖然廣受喜愛，還是有評論家批評它劇情鬆散又太過甜美，如同小說中魯道夫的評論。但也有人誇讚它有深刻意涵，鼓勵人無論面臨美麗恩慈或醜陋殘暴，都要勇敢的抉擇自己的生命意義和價值。

E.D.和傑克在一連串冒險和摸索中做了許多困難的抉擇，經歷結蛹羽化的掙扎和努力，終於確定自己的價值，得到心靈的平安。希望每個孩子在家庭和教育過程裡得到充足的愛和適當的肯定，相信自己一定能破蛹而出，長出堅強有力的翅膀，翩然飛舞在一切疑惑與混亂之上。

【推薦文】（按性氏筆畫順序）

「和別人不一樣」是一種鼓勵／小野（作家、臺北市影視音實驗教育機構創校校長）

在過去的觀念中，我們說不像學校的學校、不像老師的老師，甚至不像學生的學生都是「指責」和「批評」，可是經歷了實驗教育或者是翻轉教學後，這些話竟然是一種「讚美」。就像我們對著孩子說：你怎麼和別人不一樣？現在是一種鼓勵。這本書更加強了我的信念。

為自己而學／王黎慈（新北市書香文化推廣協會常務監事）

作者讓所謂的不良少年傑克帶著我們在創意學院裡冒險，帶著小心翼翼保護自己、對事事都抗拒的心，傑克不得已開始這次的冒險。凶狠裝扮被讚嘆為燦爛之星的訝異、可以自由選擇學習的不知所措、小小友善得到真摯友誼的困惑、面對一件件混亂事件的衝擊、潛能被看見而充滿非比尋常熱情的時刻，作者峰迴路轉的書寫功力，讓冒險沒有一刻停歇，每個人都有自己獨立的靈魂，都能打造出自己的顏色。

「什麼帶給你快樂？一旦你自己有了答案，你就會知道，你希望藉由教育得到什麼，你就有能力設計自己的課程。」自學不一定要脫離學校、回歸家庭、進入自學團體才能進行，自學是一種態度、一種思索、一種作為，闔上書，忍不住的為「為自己而學」喝采！

教育可以不一樣／宋怡慧（新北市立丹鳳高中教務主任）

有時候，閱讀到某本書，就會想起某位學生……閱讀的時光，讓回憶回轉，思念發酵，就這樣靜默的把師生之間的情誼又牽繫起來。《破蛹而出》讓我望見教育可以有不一樣的圖像，閃爍著創意與同理心的微光，引領著我們在真善美的道路上前行。

作者企圖展現教育可以用各式各樣的形態出現在我們的身邊，不論是家庭自學抑或是學校教育，透過系統思考開發孩子潛能，也實現帶起每個孩子、永不放棄每個孩子的初心與信念。

創意學院改變每個青少年的人生，在適性課程的奠基上，讓學生天賦自由，在溝通互動的引導下，讓孩子活出自信。一如書中主角傑克在創意學院的循循善誘下，不僅顛覆過往屢被「退貨」的標籤，也透過覺察力與實踐力彰顯學習者的全人發展。

透過以學生為主體的課程設計，能讓孩子自己找答案，翻轉課室的風景，進而改變學習既定思考模式，就像傑克在真實的生活情境下，找到自己可以帶著走的能力，成為一個優異的表演者。在教育的園圃中，慢慢的等待每個孩子的蛻變與成長，也栽培他們成為一朵朵獨一無二的花朵，搖曳自身的花影與綻放動人的馨香。

教育就是成就每一個孩子／吳銀玉（財團法人光寶文教基金會社區認輔總監）

為何要學習？如何激勵孩子的學習動機？什麼才是孩子需要的學習？這都是教育界長期以來關注的議題。當校園中遇到聰明卻桀驁不馴的高關懷學生，或嚴守分際、文思敏捷但不擅於人際互動的孩子，又該如何引導，才能讓每一個人都能活出「自我」，展現獨立自主、創造力的精神。

《破蛹而出》一一給了最佳答案。作者透過傑克在創意學院中的生活，告訴我們，學習不是單一路徑，內容更應該是多元而豐富的，人際互動是一種學習；團隊合作、成功演出一齣戲劇更是一種學習。

全書精神符應我們即將實施的十二年國教，宣揚「適性揚才」兼顧學生個別需求，成就每一個孩子，期待能啟發他們的潛能，陶養生活知能並涵育公民責任。這種種的素養都源於認識自我，進而完備自我。如果社會上每一個孩子都能如同傑克在創意學院中結蛹般的掙扎與努力，找到適合個人伸展的舞臺和角色，那麼十二年國教所宣揚「成就每一個孩子」的目標也就達到了。

永遠不要放棄自己／卓火土（財團法人宏達文教基金會董事長）

每個人的一生都是從小透過不斷的探索，不斷的碰撞，同時也因此能夠不斷的歷練與學習，而成為現在的我們。

人生的旅程中，幸運的話，有機會從小能處在一個優質的學習環境，碰到欣賞並鼓勵我們的貴人，讓我們有很好的成長機會。但是也有人因為在困難環境中，持續的自我成長，因而有很大的成就。

誠如書中所說：「所有的生命活動一定要有熱情。」「教育是不斷的冒險，為了探索生命的意義，並培養清晰思考的能力。」

想像一下，如果有一個很適當的環境能夠啟發並且激勵我們，引導我們找到我們的熱情所在，發揮我們的潛能，這個環境應該在哪裡呢？

這個環境應該存在於家庭及學校中，父母及師長有責任塑造這樣的環境，父母及師長需要學習如何引導孩子，欣賞並鼓勵孩子，成為孩子生命中的貴人。

假如生命中無法碰到啟發我們的環境，我們仍然有機會透過自我學習、自我成長，永遠不要放棄自己。

讓學習成為真正的「動詞」／陳麗雲（新北市三重區修德國小教師）

「教育是不斷的冒險，為了探索生命的意義，並培養清晰思考的能力。」看完這部作品，看到致知園裡所有人對夢想的追求，看到傑克從乖戾頹廢到對生活充滿希望的改變。我想：我不僅贊同這句話，更下定決心，要在教育現場具體實踐這句話，讓每個孩子都愛學習、樂學習，愛生活、熱愛生命，讓「學習」、「探索自我」這些事，成為真正的「動詞」。

沒有人願意輕易放棄自己，很多孩子表面自暴自棄，其實內心是充滿惶惑與無助，希望大人多關注他一點，一如故事中的傑克。我們都知道每個人有各自的天賦，應該讓天賦自由，然而在我們現實生活中，「知道」和「做到」有著如此遙遠的距離。在這部小說中，我們看見「生活」才是最需要學習的一門課，所有的知識和訓練，不就是為了讓生活更美好，讓生命更精采嗎？

生命真的影響生命，看完故事後，讓我們一起攜手努力！

實驗教育的精神／葛琦霞（悅讀學堂執行長）

叛逆小子傑克來到創意學院，計畫女孩E.D.擔心他會燒了致知園所有房子，但是在露希與其他人無比寬容下，大家齊心合作完成一齣歌舞劇，還被譽為最棒的戲。翻開這本書，就會看到人物、事件、教育與觀點等「彼此衝撞」，但正如爺爺傑帝達所言：「可別因為沒有老師整天跟在你身邊，就以為我們對教育不認真。你在這裡最重要的學習，就是要知道你是誰，以及你有什麼潛能。」這本《破蛹而出》處處可見實驗教育的精神，作者藉由戲劇結合極具個性的人物與不斷衝突的事件，將獨立、自主與創造力進行極佳的詮釋。戲劇是最具實驗性質的方式，不但需要從做中學，還需要尊重各種藝術形式。這是本不能不看的好書，故事精采有趣之外，還能讓我們深入思考有關實驗教育的意涵。

1

「我的名字是E.D.。不是一般的名字伊迪，是英文大寫字母的E和D。」

「這算哪一種名字？」

問話的男孩斜倚著陽臺上的欄杆，上身微微向前傾。他深紅色的頭髮像一根根尖釘往上翹，深褐色的左眉穿了一個銀環，耳朵上有一堆耳環。他穿著一身黑——黑色T恤，黑色牛仔褲和黑色高筒運動鞋。他的眼神裡沒有一絲好意。

「我這種。」E.D.艾柏懷說。她才不要告訴這個討厭鬼，她名字背後的故事。瞧他這副德性，她敢說他一定沒聽過伊迪絲·華頓這個人（注：伊迪絲·華頓（Edith Wharton, 1862-

1937），著名美國小說家，擅長刻劃十九世紀美國紐約上流社會的人物心理及道德議題，以小說《純真年代》（Age of Innocence）成為第一位獲得普立茲文學獎的女作家。），是她媽媽最喜歡的女作家。她相信，全美國十二、十三歲的女孩中，只有她叫伊迪絲，她才不要給這傢伙任何取笑她的機會。E.D.嘛，至少聽起來比較有尊嚴，像大企業的高階主管，或許那正是未來的她呢。「傑克・森普又算哪一種名字？」

男孩的表情好像在說，兩人可以開始鬥法了。「我這種。」

這人一點創意也沒有，E.D.想。只是個普普通通的不良少年罷了。

不過，根據她朋友梅莉莎的說法，傑克・森普還挺有名的。全羅德島州的每一所公立學校都有他的退學紀錄，梅莉莎不清楚他到底做了什麼事而獲得如此輝煌的成果。根據盤橋鎮的流言，他曾經放火燒學校。後來他就搬來北卡羅萊納州跟他的外公住在一起，就讀盤橋中學。他的外公亨利・杜更先生，是艾柏懷家的鄰居。

好景不常。這裡的人從來沒聽說過有哪個學生被盤橋中學趕出來，這個傑克・森普只花了三個星期就刷新紀錄。不過，至少學校的校舍都還在。現在才九月中旬，他已經搞得沒有學校願意冒險收留他了。

杜更先生此刻正在屋裡和E.D.的爸媽、嬸嬸露希、叔叔亞契和爺爺傑帝達商量，他們兩家和傑克的社工員一起擬出讓傑克繼續接受教育的方案。

E.D.不曾認識有社工員輔導的人，這個傑克・森普是第一個。她想像，有社工員盯著的人，差不多就快要有假釋官了。就像傑克的爸媽出了監獄以後，就會有特定的假釋官監管他們。這也是為什麼傑克會有社工員的緣故——因為他爸媽在家裡種大麻，拿了一些給一個穿著便衣的警察，結果就被抓進監獄關起來。E.D.不知道他們要在監獄裡待多久，至少一年吧。她猜犯罪傾向會遺傳。這傢伙在爸媽關進監獄後沒多久，就放火燒了學校。

E.D.的嬸嬸露希是詩人。傑克被盤橋中學退學時，露希剛好在學校裡主持一個工作坊。這個可怕的方案就是她的主意。她向杜更先生介紹「創意學院，這名稱是E.D.的爸爸為了艾柏懷家小孩在家自學所取的。當整個州已經承認無法對付這個男孩，盤橋中學也在一個月內就被他打敗之後，只有露希這種無可救藥的樂觀主義者，還大力主張艾柏懷家應該收留他。創意學院根本沒有受過專門訓練的老師，更別提諮商輔導員或警衛之類的。致知園裡有這麼多房子可以被這傢伙燒掉，包括他們住的大房子、八棟小木屋、羊圈、工具儲藏室和穀倉。

可是，露希居然成功的說服了所有人，除了E.D.以外。全家只有E.D.反對讓傑克・森普來跟他們一起住。她懇求爺爺出面阻止這件事。通常，其他人的腦子全部加起來也沒有他的管用。「你知道露希嬸嬸從來不相信世界上有壞人，」她對他說，「她這種看待人的態度實在太危險了！」

他卻撥弄著他的鬍鬚說他其實挺羨慕露希有這麼美好明亮的人生觀，「我注意到，多數時候，結果證明她是對的。」然後他宣稱，收留傑克．森普是一件高貴並善盡社會責任的行為。高貴並善盡社會責任！E.D.想，根本是自尋死路。她還沒親眼見到傑克．森普之前，就已經這麼想。現在，她更確定了。

傑克從T恤口袋裡抽出一根香菸。

「你最好不要真的把它點燃，」她想到了打火機和火柴和火災。「致知園提倡無菸害空間。」

男孩把手伸進口袋裡，掏出一個塑膠的黃色打火機。「你不能在戶外規定什麼無菸害。」他說。

「我們要怎麼規定就怎麼規定，這是我們的地方，這六公頃地統統都是。」

傑克直直瞪著她，點著了菸，深深吸一口，然後噴了她一臉的煙，害她必須閉起眼睛、停止呼吸，才不會被嗆到。接著，他吐出一句波利最常說的話。波利是爺爺收養的鸚鵡，他們一直都沒有辦法使牠停止咒罵。E.D.覺得，傑克·森普必定會是另一個失敗的例子。

2

到目前為止還不賴，傑克暗想。這女孩受不了罵髒話和香菸。他倒要讓她知道，這兩件事對他來說是家常便飯。他深深吸一口手上的香菸，又對著她吐出一陣煙。她轉過身，走到陽臺另一端的臺階上。我不在乎，臭女生——你離我越遠越好。

傑克還不到兩歲大，就發現某些字會引起別人特別的反應。他一開始覺得很驚訝，因為他爸媽在家裡常常說那些字。他學認字的時候，那些字對他而言跟其他所有的字差不多。他爸媽說那些字的時候，別人通常不會大驚小怪。但是，自從他看到一些大人聽到他說那些話而產生的反應以後，這就變成他的遊戲了。他還記得三歲生日時，媽媽帶他去麵包店買蛋糕，那個凶巴巴的老女人擺著一張臭臉，叫他不要把黏答答的手指放在玻璃罩上。他當場露出最可愛小男孩的微笑，然後說了兩個字。那個女人霎時臉色慘白，一屁股跌坐在地板上。那幕景像他記得清清楚楚，好像昨天才發生似的——她就那樣突然從櫃臺後面消失了。接著的吵吵鬧鬧和騷動也使他印象深刻。從此以後，傑克・森普堅信字是有力量的。

他想，如果其他艾柏懷家的人都像這個女孩一樣，那麼他不管要困在這個鬼地方多久，應該可以一直讓他們沒有好日子過。他向後靠在身後的柱子上，瞧著縷縷煙霧從他的鼻孔裡緩緩飄出。他討厭大人擅自替他作主，還期望他乖乖聽話。他的爸媽曾經試過，最後放棄了。他們因為對那個警察犯下的錯誤，被關進監牢裡，讓傑克得跟一群陌生人住在一起，而那些人總是不明白，他們不能強迫他去做他不願意做的事。他只好證明給他們看！他相信他留在這裡的時間，應該會比在盤橋中學的時間還要短。

不過，他馬上面臨菸的問題。他只剩最後一包菸。這裡離鎮上有好幾公里，北卡羅萊納那州的荒郊野外又沒有公車。他側身閃過朝他反飄回來的煙霧。說不定這裡每條路旁都有種菸草的農田，他可以摘幾片菸葉來捲捲看。

他確信這個女孩是被派來監視他的，以防他趁著外公在屋裡談話的時候燒掉陽臺或其他東西。她沒什麼可看之處。還沒發育吧。還是個很像男孩的女孩，頭髮剪得短短的更像。她坐在那裡，粗糙的手肘擱在粗糙的膝蓋上，兩眼盯著前面的車道。傑克從這裡看不到大馬路，彎曲的車道繞著一排樹木和草叢，但他可以看到一塊木牌，上面有小樹枝排成「致知園」這幾個字。老式、樸拙又古怪。傑克從來不知道有人會為自己的住家取名字。

傑克的外公說，這地方在他小時候就已經有名字了。本來是座農場，後來破產了。有人買下它，在樹林裡蓋了一些奇形怪狀的小木屋，把這裡變成一間汽車旅館，取名叫「驛站」。他們又加蓋一間辦公室，住在兩層樓的大房子裡。然後從紐約來了艾柏懷這個藝術家庭，傑克的外公這麼稱呼他們。他們成了這裡的主人。那些奇形怪狀的小木屋還保留著，而大房子現在既是住家也是學校。

艾柏懷家有四個小孩，到目前為止傑克只見到眼前這一個——叫什麼鬼名字A.B.或C.D.的女孩。艾柏懷家的小孩都在家自學，所以在傑克稱為「傑克・森普恐怖統治」期間，他們都不在盤橋中學裡。他很好奇其他小孩是什麼樣子。

突然，從房子的右方傳來一聲尖叫。有一隻棕白色、頂著歪歪斜斜的大角、像德國牧羊犬那麼大的動物激動的從陽臺旁邊跑過去，拚命往前衝。一條長長的白布裹著鮮花從牠的嘴裡垂下來，拖在地上，幾乎要絆住牠不停擺動的腳。一個高個、光腳的女孩在後面緊追不捨。她穿著黑色連身衣，扯著嗓門大喊大叫。傑克差點兒被自己剛吸進的煙嗆到。任何人一眼就能認出，這絕對是個女孩！而且她是他見過最漂亮的女孩。她本來一直跑，一頭紅棕色波浪般的長髮在背後飄動著，跑到了石子路上，兩隻腳就開始輪流用跳的，她的叫聲裡夾雜著一連串痛苦的哀號。

她在追山羊。一隻臭氣沖天的山羊。牠一跑過去，就留下一陣強烈的臭味。山羊和女孩都在車道轉彎處消失了，但叫聲和哀號沒有停止，只是越來越微弱。「那是黛拉，」坐在臺階上的女孩說，「和烏菲。」

「發生什麼事？」傑克的外公從房子裡出來，有一隻胖胖的短腳長耳獵犬在他腳邊搖著尾巴。這隻狗有一對長耳朵，長到幾乎要被牠自己的腳踩到。艾柏懷家的大人們緊跟在後。

年紀最長的是看起來很硬朗的老人，有滿頭白髮和一把白鬍鬚。他推開其他人，走向陽臺角落裡的木頭搖椅。他經過傑克身邊時，順手拿走了傑克手中的香菸。事情發生得太快，傑克還搞不清楚怎麼回事，他的香菸已經被老人的鞋子壓扁在陽臺上了。

「這裡是無菸害空間，」他在搖椅上坐下來，「要記得。」陽臺上的每個人，還有那隻短腳長耳獵犬，都看著傑克。他覺得自己的臉發燙。他轉頭看著山羊和女孩消失的方向，低聲吹著口哨向大家表示他才不在乎。一點也不在乎。

那個穿著連身衣的美女沿著車道走回來，手上捧著殘餘的花材，看起來好像捧著死去的嬰兒。花材上滿是紅褐色的泥土和零亂的齒痕。

「總有一天我要殺了那隻山羊！」她說。

金色捲髮詩人露希・艾柏懷，這整件事的始作俑者，用一隻手撫著胸口走下臺階。她說：「你叫得那麼大聲，又把牠追成那樣，說不定牠已經被你殺死了。牠現在可能正躺在某處草叢底下，奄奄一息。」

「才怪，牠才不會呢。我把牠趕進穀倉裡了。」

「得了，露希，」一個蓄著長髮和山羊鬍子的男人開口道。傑克聽過外公的描述，他知道這個人應該是魯道夫·艾柏懷，也就是四個小孩的父親。「那頭臭妖怪是惡意的化身。追趕一下要不了牠的命。」

「那不是惡意。烏菲正在驚嚇過度的壓力中掙扎。」露希轉向穿連身衣的女孩，「你到底在羊圈裡做什麼？」

黛拉跺一下腳，痛得哀哀叫。她顯然忘了自己站在石子路上。傑克覺得她的哀叫聲有一種特別好聽的旋律。「我才不是在羊圈裡！我在草原上。那個粗暴、噁心的臭東西到處亂跑。跟以前一樣！牠想害死我。幸好我帶著我的道具服裝才把牠打跑了。」

露希尖叫起來。「到處亂跑？牠到處亂跑？那海瑟呢？海瑟在哪裡？」

黛拉重重的踏上臺階，推開陽臺上的人群，跨過躺在門前的狗。「據我所知，她正在往盤橋鎮的路上。問天運就知道了！」紗門砰的一聲在她背後關上。

「天運？」那個脖子上掛著眼鏡的女人，本來一直忙著在筆記本上寫字，突然抬起頭來，好像她現在才聽見。她很有名，傑克知道。他曾經在電視上看過她。她寫的偵探小說很暢銷，主角是一個園藝家兼業餘偵探。她是這幾個小孩的母親，不過她姓詹姆森，不姓艾柏懷。她叫西波·詹姆森。

「天運怎麼了？」她問。「他在午睡啊。我半個小時以前叫他回房間去，他答應我他會睡午覺。」她穿著一件寬寬大大的襯衫。她把筆記本塞進口袋裡，把鉛筆夾在耳朵後面。「假如他真的一個人跑到外面，我們最好趕快找到他。誰知道他又會發生什麼事。」

「他最好不要在木工室裡。上次他在幾乎做好的腳凳上鑽了好幾個洞！」講這話的男人理個小平頭，穿著一件牛仔布襯衫，兩隻袖子高高捲起，露出臂膀上的刺青。他應該是亞契‧艾柏懷，是魯道夫的弟弟，露希的先生。他和老人都做木頭家具。

「按照我對你的作品的了解，我相信那沒什麼差別，」魯道夫說，「多幾個洞有影響嗎？」

「你嫉妒我，因為我就要在藝廊裡辦展覽了，你卻又失業了。」

「別吵了，趕快幫我找海瑟！」露希說，「她跑到馬路上，會沒命的。」

傑克自從到這裡以後，還沒聽見任何一輛汽車經過。他想，不管這個海瑟是誰，她都不太可能一踏上馬路就被壓死。

沒一會兒，傑克發現陽臺上只剩下他，他的外公，白鬍鬚老人，和那隻狗。其他人紛紛往不同的方向散去，露希和亞契高喊「海瑟」，其他人喊著「天運」。

這些呼喚聲漸漸遠去，陽臺上安靜下來，只聽見狗在打鼾。老人朝傑克伸出手，「我是傑帝達‧艾柏懷，是艾柏懷幫的大家長，」他說，「你好嗎？」

傑克盯著這隻布滿皺紋和斑點、飽經風霜的手。他不想跟搶走他最後一根寶貴香菸的手握手。

但是他沒得選擇。老人一把抓住他的手，用兩隻手將他的手緊緊握住，出乎意料之外的力道幾乎可壓碎傑克的手指。「歡迎你來致知園，這裡有家具工廠、畫廊、藝術工作室、牧羊場，和創意學院。」傑帝達‧艾柏懷說。

老人放開他的手，傑克甩了甩手，確保血液流通。然後，他講出他最喜歡的那幾個字，聲音剛好大到可以被聽見。

傑帝達‧艾柏懷沒有什麼特別反應。「你可以花點時間跟黛拉在一起，」他說，「她教會我的鸚鵡用法文講那幾個字。還有西班牙文、義大利文和德文。」

3

E.D.坐在廚房裡，撥弄著碗底牛奶裡的迷你麥片，期望照射在桌面上的晨光幫助她振作精神。她並不喜歡吃這種迷你麥片，可是家裡只剩下這種穀類早餐。她在購物單上登記了她最喜歡的那種，上次輪到她爸爸去採購，他照例給忘了。

桌子正中央擺著一束枯萎的野花，一片枯葉落下來，飄進她的碗裡。她把它撈起來。黛拉前一陣子非常熱中插花，當然插得非常美麗。畢竟，她是如假包換的艾柏懷家人，也就是說，不論哪一種創造性活動，只要她投入，都能做得很好。但是，她後來對插花厭煩了，所以現在屋子裡到處是枯黑的死花死葉。等到有人想到該收拾它們，大概只剩下乾扁虛空的梗子和發臭的水了。到那個時候，可能連黛拉自己都不記得這些東西當初是怎麼來的。這個家經常處在使人困惑的混亂狀態，很多事都有頭沒尾。

E.D.不明白為什麼自己會生在艾柏懷家。她跟其他人一點也不像。就連她的媽媽和露希嬸嬸都比她更像艾柏懷家的人，雖然她們是經由婚姻關係才成為這個家的人。艾柏懷家的人很有才華，她沒有。艾柏懷家的人在混亂中表現得更出色，E.D.卻想要有條有理和中規中矩。艾柏懷家的人喜歡臨時起意，E.D.卻想要可靠的計畫和步驟。艾柏懷家的人熱愛自由，E.D.想要規律。

現在比她平常起床的時間早很多，天還沒亮她就從惡夢中醒來了。她不大記得夢的內容，不過她記得夢裡有傑克・森普。然後她就睡不著了。今天他要搬進來。

艾柏懷家的人向來有個目標，就是要發掘隱藏在頑劣外表下的好孩子。

他們似乎沒有想過，可能有的小孩就是從頭壞到底。傑克的外公看起來有點驚慌，好像急著把他交出去。難道沒有人注意到這一點嗎？E.D.舀起最後一匙迷你麥片放進嘴裡，然後把碗放在地板上給威斯頓，牠正在她的腳邊睡得唏哩呼嚕。她又坐好，手肘放在桌上，手掌托著下巴，望著清晨的曙光。

昨天，大家把山羊趕回來了，並在露希的菜園裡找到E.D.四歲大的弟弟天運，他當時正在胡蘿蔔區和番茄區之間挖掘海盜的寶藏。然後，他們召開家庭會議。每個人都出席了，當然，除了她哥哥豪爾以外。

豪爾不只是一般典型內向的藝術家。不知道從去年的什麼時候開始，他已經變成完全的隱士，從早到晚都在自己的房間裡。只有在半夜，他推斷其他人都沉睡時，才踏出房門。

家庭會議討論的重點是如何使傑克融入創意學院。結果遠比她原先擔心的還要糟。他會和她同一班。

這本來應該是不可能的事。創意學院裡根本沒有班級。創意學院的創辦初衷就是要避免她爸爸所謂的「集體化」。艾柏懷家的人，在他看來，不應該只因為別人都做什麼就跟著去做什麼——艾柏懷家的人跟別人不一樣。

這一切起因於黛拉讀盤橋中學七年級的某一天，老師不讓她用黑色和紫色畫斑馬，因為真實的斑馬是黑白相間的。雖然這隻引起爭議的斑馬是為了一份科學報告而不是美術作業，但對魯道夫·艾柏懷而言，似乎沒什麼差別。「真正的科學講求創造性和獨特性。」他第二天到學校為三個小孩辦休學手續時，對校長說。「沒有創造性和獨特性，就沒有科學發現。沒有伽利略，沒有牛頓，沒有愛迪生。」

如果斑馬事件發生時，她的爸爸正順利的在某個地方排戲，她和黛拉甚至豪爾現在應該還好端端的在盤橋鎮的學校裡讀書，有正常的學校、課表和進度，可以和很多正常人在一起，包括她最要好的朋友梅莉莎。後來她們就一直沒有機會再見面了。

可是魯道夫當時並沒有在外面做他的導演工作。他那段時間一直沒有工作，整天在家裡。更不幸的是，那天早上他接到一通電話，原本要聘請他執導一齣戲的公司打電話來說，他們決定不做那齣戲，因此也不需要他了。他覺得很挫折。工作順遂的藝術家本來就可能很難纏了，何況是受到挫折的藝術家，根本就成了危險分子。

一個星期之內，創意學院向教育當局完成立案，正式開始運作。在北卡羅萊納州辦在家自學很容易，只要負責教學的教師有高中畢業證書就可以了。這沒問題。學院的教師就是艾柏懷家的大人，除了亞契叔叔以外都有大學學歷。即使是亞契叔叔，他高中時休學搭上貨船去世界各地旅行，後來也拿到了同等學力證明，進藝術學校讀了一陣子。

州政府並不強制審查課程計畫，這對艾柏懷家是件好事情，因為艾柏懷家的大人並不主張告訴小孩該學什麼或什麼時候學。創意學院與其說是一所在家的學校，不如說是一所「非學校」。這裡的學生應該按照自己的興趣，擬訂自己的學習計畫，一切依照獨立、自主、創造力的精神進行。也就是說，除了E.D.以外，根本沒有任何人有任何學習計畫。當然啦，也沒有人會和其他人在相同的時間做相同的事情。

直到現在。現在，傑克要加入E.D.的學習計畫。她不願意。她的計畫純粹是為自己設計的。她自己想了好久才想出來，她要自己完成。她可能沒什麼天分，也可能沒什麼創意，可是她很會學習。她提醒其他人考慮創意學院的理念，比方獨立自主、反對集體化等等。但她白費脣舌了。她還是要和那個傑克·森普在同一班。

原因之一是數學。直到昨天以前，她一直很喜歡數學。

家裡其他人都不喜歡。二加二等於四，不論誰來加都一樣，不論經過多少個月或多少年也還是一樣。這正是E.D.喜歡數學的原因。其他人卻覺得這樣很無聊。如果不是因為在家自學的小孩每年必須參加一次檢定測驗——測驗項目包括數學——E.D.懷疑學院裡根本不會見到任何與數學相關的學習。為了參加測驗，他們選擇透過網路教學來學數學。根據傑克・森普放火燒掉的那所學校最後發出的成績單，傑克的程度剛好跟E.D.現在差不多。七年級，幾何、分數和百分比。

E.D.從枯萎的花束拔下另一片枯葉。她告訴他們，她可以和傑克一起學數學——其他免談。可是沒有用。他們說，傑克・森普需要有「合作學習」的機會，幫助他形成良好的社會化人格，而她是這個家裡唯一真正會和別人合作的人。而且，他現在還沒辦法自己規劃和組織。「他需要從加入你的計畫開始。」傑帝達這麼說。事情就定案了。

E.D.想到她那一大本活頁夾，裡面有她今年這半年的課程計畫。它使她的生活有秩序，穩定，可預測。她八月時有一整個星期都在做這件事。她把每一科分成好幾節，每一節都寫著學習目標和為達到目標所需要的各種練習。她還用小格子做了圖表和時間表，用來追蹤檢查每個步驟和完成進度。到現在為止，一切都按照計畫進行。如果她要幫傑克・森普趕上每樣功課的進度，她一定會一團混亂。

威斯頓醒了，牠躺在地上用粗粗短短的前爪抓起裝了牛奶的碗，大口舔著牛奶，從嘴角流出稠稠的黏液，滴在E.D.的球鞋和牠自己的耳朵上。E.D.嘆了一口氣。她真的很討厭又鄙視混亂。

4

傑克坐著外公的車來到這裡的那個早晨，露希・艾柏懷從最裡面一間小木屋飛奔出來歡迎他們。她穿著七分褲和一件輕飄飄的藍綠大花襯衫，頭髮盤起來夾在頭頂上，小捲小捲的髮絲向四面八方伸展。她站在卡車旁邊，口若懸河說個沒完，不停的對傑克的外公說，他們多麼歡迎傑克，而且她非常確定，他們絕對可以讓傑克擁有他所需要的環境。傑克爬下卡車時，皺著眉頭做出最凶惡不悅的表情，她卻還是一直微笑。他戴著布滿銀釘的黑色皮革頸圈，穿著吸血殭屍圖案的T恤，上面印了骷髏頭、毒牙流著鮮紅的血，她好像也無所謂。等到她終於說得差不多了，他的外公就表示告辭了，囑咐傑克要守規矩，便急急忙忙開車走了，揚起一陣飛沙走石，留下傑克和他的旅行袋，袋子裡裝著他從羅德島帶來的所有家當。

傑克想，數周前才初次見面的外公，一定很想趕快擺脫掉他吧。這個老頭不是傑克・森普的對手。

「我們先去你的房間，讓你安頓下來，」露希說，「然後我再帶你逛一圈，認識這裡的環境。」

傑克提起他的袋子，可是她沒有移動腳步。她站在那裡盯著他看，兩手插腰，頭斜斜歪向一邊。傑克刻意加重臉上凶惡的表情。這個特別的表情加上身上這件T恤，即使沒有布滿銀釘的黑色皮革頸圈，已足以嚇得盤橋中學的校長不知所措。

露希充滿讚賞的長嘆一聲，「如此燦爛光彩之星，就是你。燦爛光彩之星！」

傑克的袋子差點兒從他手中滑下來。燦爛光彩之星！

「如果有人說你不是，永遠不要相信他。」

他想，這世界上有一大堆人會非常樂意說他不是。他試著想像羅德島的社工員稱呼他燦爛光彩之星。她從來不稱呼他什麼。她甚至沒有叫過他的名字。每次她必須跟他接觸的時候，多半都在嘆氣和搖頭。這個寫詩的女人一定瘋了，而且很嚴重。他還是越早離開這裡越好。

她轉身往最後一間小木屋走去。「你要跟我和亞契一起住，我們有一間空房間給你睡。我希望你不介意房間那麼小。把它想成很溫馨吧。我真的覺得它很適合你。以前，那是我冥想打坐的地方，是我的禪堂。我們加了一張床和一個衣櫃，而且它……」傑克完全聽不懂她接下來講的話。聽起來好像是ㄈㄥ ㄕㄨㄟˋ。「所以它的磁場非常好。你會感受到安定和平衡。」

這間銀灰色的小木屋，和其他的小木屋排列成半圓形，位在大房子的左方，後面是樹林。狹窄的陽臺上布滿爬藤，有些爬藤看起來又粗又大，好像隨時可以把整個陽臺扯掉似的。「我們稱它紫藤小屋。你猜到了吧。四月紫藤花盛開時節，美不勝收。」

她帶著他走進一間小客廳，裡面有好多排書架。有一座書架上擺著一個大相框，相片裡的男人膚色很深，黑頭髮，圓圓的臉上掛著微笑，有一雙銳利的黑眼睛。相框四周環繞著一圈在玻璃瓶裡閃爍的小蠟燭，旁邊高高的花瓶裡插著一株秋麒麟草。「這是我師父，」她說，「高文達思瓦密。非常古老的靈魂。你真幸運。他要來看我們，你可以見到他本人。你一定會喜歡他。每個人都喜歡他。」

傑克的左方，有一張沙發椅披著一大片紅橙花布，區隔了客廳和廚房。在應該擺著咖啡桌的地方，有一個巨大的、深色的、磨得非常平滑的圓木做成的東西，使傑克聯想到矮胖光滑的河馬。他從來沒見過像這樣的東西。

「啊！」她看到他停下來盯著那件東西，她說「很美，對不對？亞契做了許多咖啡桌，我最喜歡這一張。不過，它要暫時離開我們一陣子。他下個月有展覽，他們特別指定要這一張。」

「咖啡桌？」

「嗯，當然，你不能真的把咖啡放在它上面，不過，誰會想要這麼做呢？它的美妙充實了我們的靈魂，你不覺得嗎？這是亞契做的家具作品最主要的含意。」露希轉個彎來到一條狹窄的走道，走道的一邊有一扇門，另一邊有兩扇門。她打開兩扇門其中之一，向後退一步，「這就是你的房間。」她說。

傑克踏入房內，便站定不動。這個房間不僅非常、非常小，而且是淡紫色。牆壁、天花版、甚至橢圓形的編織地毯全都是令人作嘔的淡紫色。唯一的窗戶旁掛著淡紫色和白色條紋窗簾，床單也是同樣的布料。房間裡瀰漫著濃郁的氣味，讓傑克想起那個曾經來看過媽媽的曾姨婆。傑克揉揉鼻子，以防打噴噓。

露希滿足的嗅了幾下，指著衣櫃上的一個小碗，碗裡裝滿看起來像壓碎了的野草，乾乾灰灰的。除了一張單人床之外，衣櫃是唯一放得進這個房間裡的家具。「乾燥薰衣草，香氣很棒吧？你經歷了這麼多波折，這個房間可以幫助你重新開始呼吸。你可以把這裡想成你的避風港。」

傑克把他的袋子扔在床上。重新開始呼吸？那得等他把窗戶打開，丟掉那碗薰死人的野草再說！

他的隔壁是浴室。她說那是他們三個人共用的，走道對面就是她和亞契的房間。「好了！你想留在這裡整理行李，還是去大房子那邊看看你的教室？」

「教室。」傑克又揉揉鼻子。

露希解釋，教室就是以前加蓋在大房子旁邊，當做汽車旅館辦公室的地方。它看起來還真像間教室，只不過沒有老師的講桌，也沒有黑板。教室裡有很多塞爆了的書架，還有四張課桌椅，桌面可以掀開，桌椅連在一起。其中三張桌子上有堆積如山的書本和紙張；另外一張桌子很乾淨，只擺了一個放鉛筆和原子筆的馬克杯。牆壁上掛滿軟木板，上面釘著各式各樣的紙張，一層一層疊上去，有手繪地圖、詩、寫在作業紙上的故事、用蠟筆或水彩或色筆畫的圖畫，還有很多五顏六色看不清形狀的手指畫。教室前方掛著一張大圖表，上面標示「蝴蝶計畫」。圖表上貼著很多蝴蝶照片，每張旁邊都有整整齊齊的文字說明。

有一面牆壁上橫跨著一幅標語：「教育是不斷的冒險，為了探索生命的意義，並培養清晰思考的能力。——Z・艾柏懷」。傑克想，他去過的每一所學校裡，沒有任何人會同意這個定義。

到處是花瓶，插著枯萎的野花。牆邊有兩個鮮紅色的小檔案櫃，上面平擺著一扇老舊的門板當做長桌子，門板上還有門把。這張長桌子上堆滿成疊的筆記本、資料夾、電腦磁碟片、CD、寫了密密麻麻的便條紙，幾乎把一臺電腦、印表機和掃瞄器給淹沒了。「豪爾有一臺電腦在他自己的房間裡，所以只有其他三個人會和你共用這一臺。E.D.準備了一張紙，讓大家登記使用時間，」露希說，「那張紙呢？應該在這裡的。」

外面響起了鋸東西的聲音。「那是亞契。他是雲雀，早睡早起。」露希看了看錶。「噢，真是的。魯道夫一定又要抱怨了。他是貓頭鷹，你知道，最恨十點以前被吵醒。」

露希開始清理一張桌子。「這是你的了。反正豪爾根本不用。我來找一些文具給你。E.D.等一下會告訴你她正在做些什麼，你和她同一班。」

傑克嘆了口氣。如果他在這裡得和某人同一班的話，他寧願那人是黛拉。

他們上方突然傳來鎚子敲敲打打的聲音，緊接著一連串大力拍門的聲音。有個人在大吼，「停止那可惡的噪音！先是亞契，現在輪到你。這裡每個人都瘋了嗎？才剛剛天亮耶！」有個小孩開始大聲唱起童謠〈黃鼠狼跑掉了〉，有點走音。

露希說：「好像大家都起床了。」

陸陸續續有人下樓來，一個接著一個踏著重重的腳步。廚房裡傳來盤子鍋子乒乒乓乓的聲音。原本暫停的敲打聲又開始了。〈黃鼠狼跑掉了〉換成了〈滴答、滴答、滴答〉。傑克斜倚著一座書架，上面有一排順序凌亂的百科全書。他看著露希在亂七八糟的電腦桌上找東西。她不時找出一疊活頁紙，一本筆記本或一枝鉛筆。她把那些東西放在他的桌上。過了一會兒，咖啡和煎培根的香味飄進教室裡，傑克開始流口水。

「你吃過早餐了嗎？」

傑克搖頭。他在外公家什麼也不想吃。

「我不敢保證有什麼好吃的，這星期沒人去超市採購。可是不管有什麼，都很歡迎你跟我們一起分享。我們希望你把這裡當成你的家。」

露希領著傑克走進廚房。魯道夫站在爐子前面，緊緊皺著眉頭，一隻手拿著一根長叉子戳弄鍋子裡的培根，另一隻手捧著一杯熱咖啡。他瞪著眼看他們走進來。一個四歲左右的金髮男孩坐在流理臺旁的高腳椅上，扯著嗓門唱〈小蜘蛛〉的童謠。他一看到傑克就停止唱歌，動也不動盯著傑克，嘴巴張得大大的，藍眼睛睜得又大又圓。

「這是天運。」露希說，「艾柏懷家最年輕的一個。」

餐桌上另一瓶枯萎的野花後面坐著西波・詹姆森，她披著破舊的睡袍，拿著快咬爛的鉛筆埋頭寫字，面前有一碗泡了稀爛的早餐麥片。她從眼鏡上方瞄了一眼，朝傑克胡亂點個頭，又埋頭做自己的事。

冰箱的門開著，傑克立刻聽出誰在門後說話。「哈密瓜呢？我明明記得昨天晚上還有最後一片哈密瓜！」黛拉穿著紫色連身衣，頭髮綁成一條長長的辮子，從門後現身。傑克深深吸一口氣。即使這麼一大早，她還是非常美麗。

「媽！豪爾又在半夜偷吃東西了。」沒有回答。「媽！」

西波・詹姆森抬起頭來。「親愛的，你說什麼？」

「我說，豪爾半夜偷吃東西。」

「我不認為那叫偷。他跟我們一樣有吃東西的權利。」

「他如果想吃，應該在吃飯的時候來跟我們一起吃。人家已經準備好早上要吃哈密瓜的！」

她的母親沒有回答，繼續寫她的東西。

「我們的新同學來了。」露希說。

黛拉向傑克點個頭，「嗨！」然後轉向她的母親，「我希望你上去跟豪爾談一談。我這個早上澈底毀了。我要哈密瓜！」

「培根煎好了，」魯道夫說。他從鍋子裡叉起一條培根向黛拉搖晃示意，

「我找到了一整包培根。你可以吃培根嘛，還有裸麥吐司。」

「哼，好啊！然後每個人就可以開始叫我大象腿了。」黛拉從冰箱裡拿出一個瓶子，倒出一杯濃稠的綠色液體，那玩意兒看起來有點噁心。「我要去舞蹈室了。我昨天一整個下午都毀了，所以我衷心期盼各位不要來打擾我，讓我工作。」她拍拍小男孩的肩膀。他還盯著傑克，安靜的睜大眼睛。「特別是你，天運——還有『可憐的羊咩咩』！」

然後，她拿著那杯綠色的東西走了。露希請傑克坐在餐桌旁的椅子上。小男孩目不轉睛的看著傑克坐下來，然後爬下他的高腳椅，過來站在傑克的手肘旁。

「你的頭髮為什麼會是這個顏色？」他問。傑克就算想回答，也沒有辦法。小男孩像連珠炮似的講個不停，傑克完全沒有插嘴的機會。「它自己長這樣的嗎？我的是自己長的。我的頭髮是金黃色的。你知不知道連六十四色的蠟筆盒裡也沒有金黃色的蠟筆？我覺得應該要有，你覺得呢？很多人有金黃色的頭髮。你的頭髮叫什麼顏色？我敢打賭有這種顏色的蠟筆。我喜歡！怎麼樣才能把頭髮弄成像你這樣尖尖的翹起來？我早上醒來的時候，頭髮有時候會翹起來。可是沒有這樣尖尖的。媽咪都把它們梳平。你這些尖尖的可以梳平嗎？」小男孩喘了一口氣，又接著講。「那個環穿過眉毛會不會痛？看起來會痛。你怎麼有這麼多耳環？你的衣服上寫什麼？那是海盜的骷髏頭嗎？可是它沒有海盜旗子上那種交叉的骨頭。我喜歡海盜。我長大以後要做海盜。還有畫家。還有國王。假如你……」

露希端來一盤培根和吐司，放在傑克面前。「你不用在意天運。他可以像這樣講一整天。」

「所以最好不要給他機會。」魯道夫說，好像這都是傑克造成似的。「不要再敲了好不好！」他對著天花板大吼。

5

E.D.吃完早餐就帶著捕蝶網和相機到草原去。威斯頓搖搖擺擺跟在她後面。她希望能先完成蝴蝶計畫中搜集的部分。蝴蝶計畫是她最不願意和傑克・森普一起做的事情。第一，她不放心讓他這種人去碰像蝴蝶這麼美麗、脆弱的東西。第二，這是她最喜歡的計畫，只差一點就完成了。

這個計畫的內容是要找到《卡羅萊納州的蝴蝶》這本書裡介紹的每一種蝴蝶，將牠們拍照並且分類記錄。從八月起，她每天到戶外，先從草原開始，通常會找到幾隻，然後一步一步找遍致知園的每一個角落。從小灰蝶到大黃鳳蝶，她幾乎找齊了，目前只差一種。如果她現在，今天，可以找到剩下的最後一種——會發亮的豹斑蝶，她就可以結束這個計畫最主要的部分，不必放任傑克拿著捕蝶網到處亂跑了。

她已經在外面兩個小時了，陽光越來越熱。汗水滴進她的眼睛裡，衣服底下整個背部汗如雨下。她在房子四周繞過一遍，又回到草原上。沒發現會發亮的豹斑蝶。只有常見的甘藍粉蝶和黃蝶，但她已經捉到牠們不知幾百次了；還有兩隻紅點紫蝶。她不明白怎麼會這樣。她連看起來幾乎一模一樣的大樺斑蝶和美洲黑條樺斑蝶都找到了，還拍下照片證明牠們的差異，為什麼找不到豹斑蝶？威斯頓剛才跑去池塘喝水，弄得腳和肚皮全是泥巴，現在趴在圍籬邊的忍冬下躲太陽。她覺得自己乾脆去跟牠趴在一起算了。

「E.D.！等等我們！」露希在草原的另一端向她招手。「我們在認識環境。」傑克・森普跟在她旁邊，他深紅色的頭髮在陽光下非常耀眼。E.D.嘆了一口氣。或許她可以不告訴他這個蝴蝶計畫。或許她可以說，為了學習博物學，她在研究蛞蝓的生命周期。

露希和傑克穿過樹林，跨過小溪，繞過池塘，E.D.跟在他們後面，威斯頓跟在她的後面。一路上，她睜大眼睛搜尋會發亮的豹斑蝶。

他們走到露希的菜園裡，威斯頓又去趴在樹蔭下，露希則向傑克解釋自然界的神靈如何告訴她菜園應該要圓形而非長方形，而且他們常在她的夢裡給她一些種植和照顧植物的建議。她解釋時，傑克的眼珠溜溜的轉了好幾次，還不屑的哼了一、兩聲。E.D.太習慣孀孀這些怪異的想法，已經忘了陌生人通常會怎麼反應。傑克真是太沒禮貌了，可是露希好像沒注意到。

來到羊圈，露希要E.D.講他們拯救烏菲和海瑟的經過，她說因為她自己會激動得講不下去。於是E.D.開始敘述，某年冬季的某一天，這些被虐待、遺棄，快餓死的山羊如何出現在艾柏懷家的樹林裡。露希的眼裡泛著淚光。傑克似乎不為所動，他斜倚著圍欄，皺著鼻子，嫌惡烏菲的臭味。E.D.曾經讀到，有些連續殺人的罪犯會從虐待動物開始。她告訴自己要記得，如果看到他開始在羊圈附近閒晃，就要發出警報。

烏菲的眼睛露出了有時會出現的凶光，用力衝向圍欄，剛好撞在傑克倚著的那根柱子上，傑克卻一點也不害怕。E.D.想，這小孩不正常。連大人都會被烏菲這種表情嚇得逃之夭夭。一個星期以前，快遞公司的人沒有把給豪爾的包裹送到大房子裡，而是丟在車道上，就是因為烏菲跑出來把他嚇得半死。

他們接著帶傑克去參觀木工室，半路上經過傑帝達的小屋。波利在陽臺底下陰涼處，站在T字型的棲木上，用嘴啄自己的腳。牠突然抬起頭，舉起那對混雜綠色、黃色和紅色的翅膀，咒罵出一串長長的句子。傑克反罵回去。「別鼓勵牠。」E.D.說。傑克又罵了兩句。E.D.想，這兩個是同類。鳥的腦子，兩個都是。

傑帝達和亞契都在木工室裡工作，傑帝達在車床邊轉動輪軸，做他最著名的搖椅，而亞契正在為一件烏龜形狀的東西的腳柱刻上複雜的曲線。E.D.問那是什麼，「小茶几，」亞契說，「要展覽的作品之一。」

傑帝達關掉車床，拿下護目鏡。「露希幫你準備好教室裡的桌子了嗎？」他問傑克。

傑克點頭。

「很好，可別因為這裡沒有老師整天跟在你身邊，就以為我們對教育不認真。你在這裡最重要的學習，就是要知道你是誰，以及你有什麼潛能。」

E.D.想，他們大概最後都會知道傑克是什麼樣的人，但她寧願不知道。

他們到了有舞蹈室和音樂室的小木屋，但沒有走進去。屋內大聲的播放著古怪刺耳的音樂，那是黛拉自己編寫、錄音的芭蕾舞曲。露希叫傑克從窗縫往裡看，既可以看到屋內的情形又不會打擾黛拉練舞。他把鼻子貼在窗玻璃上，站了好一會兒。E.D.覺得，屋內只有整面牆的鏡子，根本不需要看這麼久。

結束了導覽，他們回到教室。E.D.連一隻蝴蝶也沒看見，更別提豹斑蝶了。威斯頓癱在電腦桌底下，立刻開始打鼾。E.D.想，這隻狗平常的運動量顯然不夠。

「給傑克看你的課程計畫好嗎？」露希說，「讓他找出最感興趣的項目，馬上開始進行。我來丟掉這些可憐的花。它們破壞了整個房間的能量。」

E.D.真希望自己寫了一些胡扯的計畫，讓傑克去研究跟她完全不相關的東西——例如醃黃瓜工廠的歷史，或英文文法裡介係詞的用法。不過現在太遲了。她把自己的筆記本拿出來，打開，放在原本屬於豪爾的桌子上。傑克斜倚著電腦桌，兩手交叉放在胸前。

「你不看嗎？」

「我為什麼要看？」

「嘿，白癡！這裡是學校。我們在同一班。這是我們要做的事。」E.D.突然發覺，她的話聽起來好像她很贊成這整件事似的。「隨便你。」她說。她拿出已經看了一段的南北戰爭的小說，在自己的位子上坐好，假裝在看書。

他在教室裡走過來走過去，隨手把東西拿起、又放回去。過了一會兒，他問：「電視在哪裡？」她假裝因為看得太入神所以沒有聽見。「我問你電視在哪裡？」

她嘆了一口氣。「傑帝達的小木屋裡有一臺。」

傑克咒罵了一句。「你是說，其他地方都沒有？」

「我們不常看電視，」E.D.說。有時候，尤其是她的好朋友梅莉莎在談她每天看的有線電視節目時，E.D.會希望他們是一般正常的家庭，每個房間都有電視機，可以接收有線頻道。不過，此時此刻，她很慶幸他們不是。「我們把時間用在更好的事情上。」

傑克又罵了一句。E.D.努力專心看她的書。

過了一會兒，她聽見傑克重重的坐進他的位子。「我沒看到數學課。你們不學數學？」

她抬起頭。他真的打開了她的課程計畫本。「我們利用網路學。他們已經幫你選了跟我同樣的課，同樣的老師。」

「他們白費力氣啦。」他說。

E.D.不理他，繼續看她的書。她漸漸全神貫注起來。

露希把那些野花丟掉後回來了，這時傑克已經打開了電腦。「沒有遊戲。」他說這話的時候，她剛好走進來。

她微笑著。「沒有遊戲。」她把連接電腦的電源開關器關掉。「沒有先登記使用時間，就不能用電腦。」傑克罵了一句。露希沒有理會。「好了，你看過課程計畫了，你想從哪裡開始？」

傑克聳聳肩。「誰說我想開始？」

露希抬起一隻手拍在嘴巴上。「我真是太粗心了。你第一天上課，我居然要你做這麼廣泛的選擇。你當然需要一點時間來適應我們的方式。」她環顧教室四周，目光停在蝴蝶計畫的圖表上。「蝴蝶！」她說。「太好了！E.D.的圖表上還有一個空格沒填。不如你們兩個一起去，看看你能不能找到一隻——什麼？」她往前靠近一點兒。「一隻會發亮的豹斑蝶。在教室外面，感覺起來也比較不像在上課。」

E.D.不情願的哼了一聲。如果露希非要幫他們決定他們應該做什麼，為什麼不選南北戰爭或《仲夏夜之夢》呢？

「再去把網子拿來，」露希對她說，然後轉身對傑克說，「你很快就會習慣的。真的。人類有無限的適應能力。一切都會順利圓滿！」

幾分鐘以後，E.D.和傑克又朝草原走去，威斯頓搖搖擺擺的跟在他們後面，一路喘吁吁的。E.D.拿著網子。她捉到一隻蝴蝶拿給他看，仔細解釋給他聽，她不打算把牠們做成標本，只拍個照就放牠們走。「這一種我已經有了。」她打開網子讓蝴蝶飛走。「每一種你都可以在書上看到。」她說話的時候，有一隻黑鳳蝶啪答啪答越過忍冬，往草原飛去，黑色翅膀上的黃點在陽光下特別鮮明。

傑克從她手中搶來網子，追著蝴蝶跑。他揮了幾下都撲空，蝴蝶越飛越高，越過圍籬，消失在遠處的楓香樹林間。傑克罵了一句。「抓蝴蝶，做什麼蠢事啊。」

「那你不要做好了！你可以去做別的，只要跟自然有關就好。」

「哼，反正我不打算在這裡待很久。」傑克揮動網子，輕輕掃過草的頂端，薊花的冠毛紛紛飄向空中。

很好，E.D.想。「你打算去哪裡？」

傑克聳聳肩，舉起網子朝一隻蜻蜓揮過去。牠敏捷的轉向、改道，加速飛遠了。「回羅德島。」

「是嗎？我爸爸說你的社工員告訴他，那邊沒有任何寄養家庭願意收留你了。你如果回去，他們就要送你去少年觀護所。那裡面應該也有學校。你可能會覺得那裡比這裡好。至少那些學生比較像你的同類。」

傑克沒有說話。他朝一大片長長的草用力揮打，好像拿的不是網子，而是鐮刀，這裡幾下，那裡幾下，打得雪珠花的種籽和花瓣七零八落。

6

傑克戴著耳機坐在大房子門前的臺階上，腰間的皮帶繫著隨身聽。他正撥弄著一隻有點脫膠的鞋底。他找不到真正想聽的電臺，只好聽聽流行歌曲排行榜一百首。一整天直到現在，他才有自己獨處的時間。E.D.忙別的事去了，露希說晚餐以前他可以做自己想做的事。

她沒有交代什麼時候吃晚餐，也沒有說吃什麼。他想像著爸爸媽媽每天吃些什麼。比他好吧，鐵定是！午餐的時候，亞契做了豆腐漢堡，傑克覺得難以下嚥，就一點一點全餵了桌底下那隻短腳長耳的老獵犬。所以，如果這裡的伙食都像今天的午餐一樣，那他其實不必煩惱是否要留在這裡，反正他很快就會餓死了。

他的腦海中不斷重播E.D.在滿是雜草和蟲子的草原上說的話。如果他不留在這裡，就只能進少年觀護所。那個社工員打電話跟他談到創意學院時，也是這麼說的。「這是你最後一次機會了。」她說。可是這種話他從小聽到大。大家都只是說說而已。這次是真的嗎？他敢試試看嗎？

其實，把盤橋中學搞得天翻地覆並不難。每個人——包括學生、老師、甚至於校長，都很害怕從城市來的壞孩子。壞孩子。傑克最擅長讓自己人如其名。在傑克・森普恐怖統治期間，他從來沒有認真想過以後會怎麼樣。他現在知道了。就是這裡。致知園和艾柏懷家。可是這裡以後呢？他們真的會送他進少年觀護所嗎？

「那些學生比較像你的同類。」E.D.這麼說。他想到家鄉那些進少觀所的人，那些吸毒犯，還有那些在學校裡到處吹噓自己有槍的人。被人當成從城市來的壞孩子是一回事，跟那些正牌的傢伙關在一起可是另一回事。

那隻狗蹲在距離僅數呎遠的地方看著他，下垂的眼皮遮不住哀戚的眼神。牠三不五時發出低沉的嗚咽聲，傑克戴著耳機也能聽見。「你想要什麼？」他問，「如果你想要豆腐漢堡，我已經沒有啦。」他想，這隻狗跟這家人一樣神經病，沒有正常的肉食動物會像牠那樣狼吞虎嚥的吃下豆腐漢堡。

「沒有吃的了，看到沒？沒有了。」他舉起空空的雙手在牠面前晃兩下。「走開啦！」可是牠不走。牠哼哼唉唉的長嘆一聲，整個身體趴在地上，下巴放在伸出的前腳掌上，還是看著傑克。誰都不可能假裝看不見牠臉上那幅表情——彷彿失去了世界上最後一個朋友。傑克小心翼翼過去拍拍牠的頭，牠開始舔他的手。他摸摸牠的耳背，牠一翻身變成四腳朝天。他抓抓牠的肚子，牠心滿意足的怪聲逗得傑克忍不住哈哈大笑。然後，牠閉上眼睛，沒多久就發出了均勻的鼾聲，四條腿偶爾抽動幾下。

傑克思索著各種可能性，肚子發出咕嚕咕嚕的聲音。他想到掛在教室的標語——「清晰思考的能力」。艾柏懷或少觀所？艾柏懷或少觀所？思考這道選擇題並不難。答案很明顯。無論如何，他一定要想辦法留在這裡。

有一輛車從馬路上經過，傑克看了一眼他的手錶，剛過五點。這大概就是附近的交通尖峰時間吧。他嘆一口氣。這裡什麼也沒得做。他才不要去那個老頭的小木屋要求看電視呢。他去過教室想上網，可是黛拉正在用電腦上數學課。他待在那裡一會兒，翻了翻那本蝴蝶書，查看他沒抓到的蝴蝶是哪一種，其實只是想接近她，可是她全神貫注的做自己的事，看起來根本就沒注意到他。他更不願意回到那間淡紫色的房間。

突然間，右方的灌木叢裡冒出一個頭，淺金黃色的頭髮。傑克嚇得跳起來，驚醒那隻狗，牠吠了一聲，翻個身又睡著了。有一雙大大圓圓的藍眼睛正認真用力盯著他看。

他拿掉耳機。「你想幹麼？」他問天運。

這個小男孩低聲嘟噥了幾個字，他聽不清楚。

「什麼？」

天運環顧四周，像間諜在察看有沒有旁人偷聽或跟蹤。他匍匐而上坐到傑克身邊，緊靠著他，湊在他耳邊小聲說話。「你是用火柴嗎？」他比了一個劃火柴的動作。「他們不准我拿火柴。不行就是不行。他們說我太小了。我真的太小了嗎？你覺得呢？我不覺得耶。我會很小心。我以前很小。」他把手舉在大約離陽臺一吋高，好像在展示一個小小孩的樣子。「我以前像這麼大，不能有火柴。可是我現在應該可以了，你不覺得嗎？你不覺得嗎？」小男孩又問。

「你也沒有比我大很多啊，對不對？你幾歲？」

他總算停得夠久，讓傑克有時間回答。「十五歲。」

「不對。我聽到爺爺說你和E.D.一樣大。那你應該只有十二歲。」

「我十三歲啦。」傑克說。天運露出懷疑的表情。「真的！」

「怎麼樣？」天運說，「你是用火柴嗎？」

傑克表示自己完全不知道他到底在講什麼。天運突然驚叫一聲，傑克才發現自己罵了髒話。

「媽媽說只有波利可以說那個字。那不是人說的話；是鸚鵡說的話。波利會說很多鸚鵡說的話。」

「那也是人說的話。」

「不是！」

「本來就是。她只是覺得你年紀太小，不應該說這種話。就像你太小，不能有火柴一樣。其實，你不算太小。我像你這麼大的時候，一天到晚在說這些話。」傑克又連罵三次。

天運靜靜坐著一會兒，開口說了那個字。他說得很慢，好像在測試自己發出的聲音。然後他點點頭，又說了一次。「我說了！」他咯咯的笑起來，又說了一次。「跟波利一樣。」

傑克點頭。

「你把你的學校燒掉了嗎？」

「大家都這麼說。」

「你用火柴？」

「不。我用打火機。」他從口袋裡掏出打火機給小男孩看。「這個。還有汽油。裝在瓶子裡。那叫做莫洛托夫汽油瓶。學校燒起來就像火把一樣。像炸彈爆炸！」他講的是真正壞孩子的故事，不是事實。不過，反正不會比其他人講的那些版本更誇張，他想。從來沒有人相信那件事其實是個意外。

天運伸手要碰打火機，傑克趕快把它放回自己口袋裡。「嘿，不行。小孩不能拿打火機。」

「你也是小孩。」天運說。

「我是青少年。」傑克說。

天運張開嘴正想回應，他們背後的紗門「砰」的一聲打開，魯道夫·艾柏懷走出來，一手拿著手提音響，一手拿著公事包。黛拉一身紫色連身衣外面罩著一件橘色裙子，跟在他後面。「那齣戲無聊得要命！」她說。

魯道夫停下腳步轉身回應，手上的音響撞到來不及退後的她。「這是那兩個人寫過最膩人、煽情的作品。可是它剛好也是盤橋小劇場請我去導的戲。一個偉大的導演，就是要能夠將平庸的素材提升到更高的層次。我打算讓這齣戲呈現出更犀利的面貌。觀眾散場的時候，不只會哼著戲裡的音樂，還會好好的思考！這是千載難逢的機會。你到底要不要參加這齣新世紀版的經典音樂劇？要還是不要？」

「為什麼這麼突然？他們今天才打電話給你。怎麼今天晚上就要選角了？」

靜默了幾分鐘。魯道夫・艾柏懷開口了，他的聲音聽起來有點不自然。「他們原先誤請了一位他們自己的委員執導這齣戲，可是那個人臨時被派去日本處理什麼國際金融危機了。你相信嗎？他們找了一個銀行家來導一齣音樂劇！算他們幸運，我現在剛好有空。」

「那我的芭蕾舞怎麼辦？」

「老天爺，這是社區劇場。他們只在傍晚排演。而且，戲裡的舞蹈並不多。你用不了多少時間就可以完成編舞了，然後我只需要你晚上七點到十點在那裡。你每天都有一整個白天去弄你的芭蕾舞。」他皺著眉頭停了一下。「什麼芭蕾舞？」

黛拉跺腳。「我的芭蕾舞！你都不關心？你從來不聽別人講話。那是我整個秋季課程的計畫。奧菲麗雅之死。我作曲，演戲，編舞，跳舞——全部包辦！」

「噢，那你需要舞者。你幫我做這齣戲，你就會有一批訓練有素的舞者，而且都是已經跟你合作過的人。」

「我就是舞者！它是單人芭蕾舞！」

魯道夫跨過威斯頓，從傑克和天運旁邊快步走下階梯，好像完全沒有看見他們。傑克必須低頭閃避，才沒有被公事包打到頭。「決定吧，黛拉，快點。晚上試鏡會時，我需要有個人幫忙看看那些人到底會不會跳舞。假如你不做，我會去找一個真正了解這個機會有多重要的人。」

「是喔，你今天晚上以前找得到人？盤橋鎮會編舞的人多得是喔！」

他看了看錶。「我們七點開始，所以你要六點三十分到劇場。你可以開爺爺的車，或是亞契的卡車。我要先跟那個叫蒙秋思的女人吃飯討論預算，她是主任委員。」

「預算？」黛拉鬆手放開了紗門，門「砰」的一聲在她背後關上。「有錢可領？」

「我跟你說過了，這是社區劇場，只有導演才有薪水。」魯道夫一邊說，一邊把公事包和音響放進車道上的紅色米雅達敞篷車的後座。

黛拉站在陽臺上，看著車子在車道上加速駛離，沿著轉彎處的草叢和樹木揚起漫天砂石。她低頭看著傑克和天運，好像現在才注意到他們的存在。她跨過威斯頓，坐在陽臺邊緣，穿著芭蕾舞鞋的雙腳在臺階上緊鄰著傑克。她的兩個手肘頂著膝蓋，手掌托著下巴。「他以為他可以讓《真善美》有新的面貌？」

傑克很清楚的意識到她坐得離他有多近。《真善美》。他曾經在電視上看過這部電影，不過印象很模糊。他記得茱莉・安德魯斯在山頂的草原上唱歌。很多唱歌的鏡頭，一大群小孩。

天運戳了一下他的胸口。「你的頭髮怎麼會是這個顏色？你怎麼讓它們變成這樣尖尖的？我從來沒有看過有人可以把頭髮……」

黛拉伸手越過傑克前方朝她弟弟的頭拍下去。「不可以沒禮貌。」她說。

「哇嗚！我沒有不禮貌。媽咪說如果想知道什麼，就要問，所以我問，我哪有沒禮貌，我只是——」

「我染的，」傑克說，「先把頭髮漂白，變成很接近你這種顏色，然後再染色。不過翹成這樣尖尖是天生的，我也沒輒。我沒辦法強迫它變成別的樣子。」

黛拉大笑。

天運嘟起下嘴脣。「不對。沒有人頭髮天生長成這樣。」

傑克還來不及回應，就聽見路上傳來一陣輪胎急速磨擦地面的聲音。那輛米雅達沿著樹木彎道斜斜的衝過來，一路壓過的碎石飛向四面八方。它緊急煞車停在陽臺前方，魯道夫跳下車，引擎和車門都沒關，他三步併作兩步跑上臺階，逼得黛拉和狗急忙往兩邊閃開。他甩上紗門，不到一分鐘又出現了，高舉著一盒音樂CD。「忘了帶音樂。」他說。然後他大步走回車子，坐進去，用力關上車門。

這時候，傑克聽到路的那頭傳來另一輛汽車的聲音，它換檔、減速，越來越接近致知園的車道。魯道夫飛快的倒車，在樹木彎道前迴轉，然後在彎道上加速向前衝。傑克繃緊神經等著無可避免的事情發生。一陣尖銳的煞車聲，車子吱吱嘎嘎的磨擦著碎石子，然後是令人腸胃翻攪的巨大撞擊聲。

隨著撞擊聲而來的是一連串激烈的咒罵。

「我告訴過你那個字是人說的話。」傑克對天運說。

「聽起來好像人都還活著。」黛拉說。

7

E.D.為了避開傑克一陣子，回到自己的房間。她一定是不知不覺睡著了。她正夢到火災和爆炸，巨大的撞擊和爭吵咒罵的聲音將她驚醒，聽起來像是她的父親在罵人。E.D.搖搖混沌的腦子想將夢中的影像甩掉，一走出房間剛好遇到從書房衝出來的媽媽。她兩隻耳朵上各夾著一枝鉛筆，眼鏡滑到鼻尖上。

她嚷著：「天運呢？他發生什麼事了？趕快打電話給911呀！」（譯注：美國緊急救援專線，類似臺灣的119。）

他們抵達事故現場以後，才搞清楚原來跟天運一點關係也沒有。

魯道夫漲紅了臉，氣得暴跳如雷。他朝一個瘦高蒼白、滿臉面皰、綁著馬尾的年輕人不停揮舞拳頭，還破口大罵他是白痴駕駛，專門製造毀滅和難民。那個年輕人舉起雙手，像在阻擋隨時會落下的拳頭。他用尖尖細細的聲調抗議，他說開起車來像個瘋子的人又不是他。他說的話幾乎全被滔滔不絕的詛咒和辱罵給淹沒了。他不時低頭看著他那輛古老生鏽的喜美汽車完全被壓爛的車頭，好像為心愛的家人被打而感到哀痛。E.D.覺得他看起來好像快要哭了。

「爸爸的車贏了！爸爸的車贏了！」天運說。

E.D.認為這場車禍裡誰也稱不上贏家，但毫無疑問的是，米雅達的保險桿雖然撞扁了，甚至快掉落了，但整輛車損害的程度仍遠遠不如喜美汽車那麼嚴重。後者的車頭讓她想起壓扁回收的鋁罐。扭曲變形的車頂冒著熱煙，車底下流了一灘綠黃色的液體。真難相信兩輛車受損的程度居然可以差那麼多。

傑帝達、亞契和露希從不同方向聚集到車道上，全都在問問題。豪爾的窗戶打開了，他的聲音加入了這場混亂裡。威斯頓躲在灌木叢下，用牠最低沉的聲音狂吠。

魯道夫威脅著要告年輕人危險駕駛和汽車謀殺，揚言要使他破產。年輕人的臉上一片慘白。

西波很慶幸天運沒事，一把將他抱起來。傑帝達身上還穿著布滿木屑的工作服，他走到兩個男人中間，兩隻手分別放在兩人的肩膀上。魯道夫停止吼叫，安靜了一會兒之後，年輕人的臉上漸漸恢復血色。雖然，他看起來還是好像隨時會哭出來。

在傑帝達耐心詢問之下，年輕人開始解釋，他是傑米・伯恩斯坦，從事寫作，被某家文學雜誌社派來訪問西波・詹姆森，約定這天晚上會面。事實上，他被邀請共進晚餐。

「不，不是的！」西波說，她把天運放下。「不是今天！我明明記得我們約的是十六號。我請你十六號來吃晚餐。」

「今天就是十六號。」傑米・伯恩斯坦說。其他人都點頭同意。

「這個家裡就沒人能做好該做的事嗎？」魯道夫拉高了嗓門。「你不能這樣隨隨便便讓媒體到家裡來破壞每個人的隱私。至少應該先警告我們大家吧！」

E.D.看到母親下巴的線條變得很僵硬。她開口說話時，幾乎是咬牙切齒。

「我正全心全意投入我的新作品，或許是我創作生涯中最重要、最困難和最複雜的文學作品。「皮杜妮・葛雷森推理系列」已經是過去式了；我正嘗試邁向從來沒有探索過的新天地。可是你們有人在乎嗎？除了這位年輕人，我懷疑你們有誰知道我在做什麼。我在這個家裡完全得不到任何支持——你不能期望我記得這些瑣瑣碎碎的小事！」

「小事！你怎麼可以說今天的日子是小事！忘記約定的日期是心智退化

的第一個徵兆。」魯道夫推開他父親欲安撫他的手臂，看著自己的手錶。「大災難！只剩二十分鐘，我應該要去和盤橋小劇場的主任委員一起吃飯和討論我的作品。那些人可不是好商量的。如果我沒有準時出現，她緊張起來說不定會去找一個律師或會計師來導戲。他們就會做這種事，他們會去找個會計師來導我的《真善美》。」他指著他的車。「你們得有人載我去，我的車毀了，完蛋了！」

「別蠢了，魯道夫。」亞契說。「沒什麼大不了，不過就是保險桿和方向燈撞壞了嘛。假如大燈還是好的，我們把保險桿拆掉，你三分鐘之內就可以上路了。」他鑽進車裡開大燈。「你看？沒事啦。」

「把我的米雅達的保險桿拆掉——我可沒打算傷害這輛車……」

「傷害已經造成了。你到底要不要去赴約啊？像你這種開車方式，沒有哪個正常人會把車子借給你。我去拿鐵橇。」亞契朝穀倉走去。E.D.覺得他看起來好像很高興可以用鐵橇來對付他哥哥的車。

傑帝達從工作服的口袋裡拿出行動電話，吹掉上面的木灰，交給魯道夫。

「打電話給餐廳，告訴他們你有事耽擱了。」

「是的，親愛的魯道夫，」西波說，「你儘管去赴你那個重要的約會，讓我們幫你收拾你的爛攤子。我相信一定有人能處理這位年輕人的保險公司要求我們處理的事情。」

「我們的律師會處理！」魯道夫大吼。

「我們沒有律師了——記得嗎？他辭職不幹，因為你——」

「我們再找一個！」

「好啊，親愛的。至於現在呢，等你打完你的電話，或許你該打電話找拖車來，把伯恩斯坦先生的車拖到車廠去修理。」

亞契拿著鐵撬走回來，聽到她的話，搖搖頭。「不必麻煩了。這輛車完了，死了，沒救了！估計它撞車前的狀況，現在不是一堆鏽鐵就已經是奇蹟了。」

傑米·伯恩斯坦終於放聲大哭。

「那個人為什麼哭？」天運問。「他撞車的時候受傷了嗎？他會好起來嗎？他要不要去醫院？他是不是要死了？如果他死了，那……」

西波比個手勢叫黛拉帶天運進屋裡去。黛拉拎著他的襯衫領子，他一邊走一邊抱怨個不停。

露希急忙去安慰那個哭泣的年輕人。她輕輕拍著他的背，向他保證他可以跟他們一起吃晚餐，然後有人會帶他回旅館。

「我……沒有、沒有……訂旅館。」他用手背抹著鼻子說。他拿了傑帝達遞給他的手帕擤鼻涕。「謝謝。我本來打算等訪問結束以後再去找地方住。」

「既然如此，你可以睡在我們招待客人的小木屋裡。」露希說。亞契動手把那輛米雅達的保險桿撬下來。「E.D.，帶伯恩斯坦先生去山茱萸小屋。我們明天早上再來處理保險的事。」

E.D.轉身看見傑克倚著樹幹站在一旁。威斯頓坐在他腳邊，緊貼著他的腿。她覺得傑克看起來一副樂不可支的樣子。對他而言，車禍大概和火災一樣刺激有趣吧。

8

傑克瞪著餐桌上的盤子。他的腦子裡浮現出饑荒的景象。桌上有一盤烤茄子和洋蔥，還有切片番茄，煮過的胡蘿蔔，青豆，甜菜，和一大碗綠綠黏黏的菜葉，露希說那些是甜菜葉子。「都是我菜園裡種的。」她很得意的告訴傑米・伯恩斯坦，不過沒有繼續提到自然神靈和託夢的事。

亞契從廚房端出一個大盤子，傑克心中燃起希望。早餐有培根。這家人會吃肉。可是當盤子擺在桌首的位置，也就是傑帝達的面前，傑克嘆氣了。大盤子裡只有幾根熱狗，一條香腸，幾隻小炸蝦，一根雞腿，還有不知道是肉餅或素漢堡的小圓餅。

「就這些？」老人問亞契。亞契聳聳肩點頭。

「我計畫了一頓豐盛的晚餐，真的沒騙你。只是我以為你下星期才會來。」西波對伯恩斯坦說。「我非常非常抱歉。」

「魯道夫忘了去超市採購了。」亞契一邊坐下一邊解釋。「冰箱裡只剩這些。」

伯恩斯坦搖搖頭。「沒關係。真的。沒關係。反正我一直在考慮吃素。」

「如果上帝希望人類是素食動物，」傑帝達說，「他會讓我們有牛的牙齒並且多一個胃。」他把大盤子傳過去。「年輕人，你先拿你要的，不然等輪到你的時候，誰知道還剩下什麼。」

盤子傳到傑克手上時，只剩下一些小圓餅。他拿了一個放在盤子裡的青菜上，他的肚子咕嚕咕嚕的抱怨。他開始想像少年觀護所的伙食。

大家開動以後，傑帝達詢問伯恩斯坦跟雜誌有關的事情。

伯恩斯坦的眼睛亮了起來，從車禍後到現在，他第一次顯得有精神。「《新世界文學評論》。它連續三年獲得布歐梅東岸藝術基金會獎，因為它的藝術批評和……」他轉頭看了一眼坐在傑帝達正對面的西波……「對當代文學天才的深度報導。我就是來做這樣的訪談。」

「沒想到『皮杜妮・葛雷森推理系列』可以被歸類為天才的作品，」傑帝達說，「那些書賣得像洋芋片似的，可是……」

伯恩斯坦被剛吃下去的胡蘿蔔嗆了一下。「你還沒有告訴他們嗎？」他問西波。他巡視四周一圈。「身為詹姆森女士這種名作家的家人，大概很難真正體會到這是多麼珍貴的寶藏。『皮杜妮・葛雷森推理系列』是同類型小說中的傑作，無庸置疑。可是，我們的讀者將要看到的是她的新作品。這部新作品毫無疑問將被推崇為新世紀的文學名著，下一期雜誌會刊出它的前兩章。我的訪問稿就是要搭配那些文章一起刊載的。雜誌社裡每個人都非常興奮。像詹姆森女士這樣的暢銷作家嘗試全新的藝術探險，絕對會轟動整個文學圈。全世界都在屏息以待這部偉大的美國小說。」

「等到現在一定臉色發青了。」黛拉說，「假如你說的是她從我念幼稚園開始寫的那本書，這個世界等待這部偉大的美國小說已經等了十幾年了。」

「而且等得非常值得，」伯恩斯坦說，「根據我很榮幸讀到的第一章，我敢這麼說。藝術創作是急不來的。」

「沒想到黛比・艾柏懷就在我們眼前變成一個文學天才了。」傑帝達說。

「黛比・艾柏懷？」

「傑帝達！」西波臉紅了。她轉向伯恩斯坦，「這個不准報導！我叫西波・詹姆森快二十年了。我父母為我取的名字是黛比。為了紀念電影明星黛比・雷諾。我真不知道他們當時在想什麼。」

「可是他說艾柏懷？」

「我的夫姓。」

傑米・伯恩斯坦的目光從西波移向傑帝達再移回來，他的眼睛睜得比平常大一倍。「艾柏懷？你的夫姓是艾柏懷！那麼你先生，撞到我的那個人——我撞到的那個人——是魯道夫・艾柏懷？那個戲劇導演？」

「你聽說過他嗎？」

「我念大學的時候，在校刊上評論過他執導的外百老匯舞臺劇《往日情懷》！精采得不得了。魯道夫・艾柏懷。我沒想到。我沒有……」伯恩斯坦突然停下來，看著傑帝達。傑克想，這個人的眼珠子好像快掉出來了。「艾柏懷。傑帝達・艾柏懷？傑帝達・艾柏懷手工木家具？」

傑帝達點點頭。

「天啊！露希……亞契……」

「一大幫人。」傑帝達說。

「露希・艾柏懷，詩人！太神奇了。我有兩本你的短詩集。還有亞契・艾柏懷——我上過你的網站。我上個月才在藝廊裡看到你做的長椅櫃，美極了。既新奇又有創意。」

「希望你不會想要坐在上面。」亞契說。

「艾柏懷。詹姆森。我沒想到。雜誌社裡的人都不知道。」伯恩斯坦一手按住胸口，深深吸了一口氣。他的兩頰泛紅。「我為我的無知感到抱歉。真是汗顏。我不知道這些艾柏懷是一家人。而西波・詹姆森——」

「也是艾柏懷家的人——當然啦，是因為婚姻關係。」傑帝達說。「所以，我身為這幫人的大家長，不能在她或露希的成就上居功。只能說我兒子的眼光不錯，選對了人。」

「我是艾柏懷家的人！」天運說。「我叫做天運・艾柏懷。天運是我的名字，我——」

「實在太妙了！」伯恩斯坦說。「一個藝術王國。就像美術界的……嗯……呃……你知道……魏斯父子！或文學界的勃朗特姊妹。或巴利摩爾演藝世家。不過，你們家每個人各自從事不同領域的創作。」他轉向西波。「你從來沒有給過任何暗示。」

西波靜靜坐著不動。她開口時，語氣冷冷的。「我以為你是來訪問我的。所以我沒有想過要提到我的家人。就算換成他們任何一個人也不會提到我。」

「啊！」伯恩斯坦說，「是的，是這樣。」他清清喉嚨。「不過我還是要說，跟這麼多有才華的人坐在一起真令人興奮。就好像你期望找到一顆鑽石，卻無意中發現了整座礦山。孩子們呢？他們是不是……」

「孩子們還在探索他們的藝術天分。」西波說。「天運表現出一些視覺藝術方面的才華。他對色彩很敏銳。」

「天運，就是我。」天運說。「我有好多好多手指畫。你要不要看我的手指畫？」他爬下位子，往教室走去。

西波繼續說。「豪爾呢，你還沒有見過他……」

「大概不可能見到的，除非你打算在這裡長期抗戰，」亞契說，「連我們都已經好幾個月沒看到他了。」

西波朝亞契皺眉頭。「豪爾是很內向、思考型的人，我相信你了解那種敏感的藝術氣質。」伯恩斯坦點頭，露出嚴肅又同情的神情。「他有一陣子非常愛繪畫，可是從他最近門上新貼的標誌、在網路上訂購的東西，還有房間裡傳出來的聲音看來，他似乎在擴展他的領域。我們當然都很尊重他藝術上的隱私，所以在他還沒有準備好給我們看之前，我們不會知道他在做什麼。」

「我在創作一支芭蕾舞，我自己作曲和編舞，」黛拉說，「自己演奏音樂，自己跳。是單人芭蕾舞，標題是《奧菲麗雅之死》。你知道，《哈姆雷特》裡的一段。」

「哇！奧菲麗雅。單戀，瘋狂，溺斃！很適合作為芭蕾舞的題材，甚至可以是歌劇。」

「我不唱。」

「那是艾柏懷家唯一的弱點，」傑帝達說，「如果有所謂唱歌基因，我們一點也沒有。艾柏懷家的人不會唱歌。」

「我會！」天運回來了，捧著一大疊塗得紅紅綠綠的圖畫紙。「我常唱歌。」他放下他的手指畫，扯著嗓門大聲唱起〈小蜘蛛〉，手指頭還假裝順著排水管往上爬。傑克想，天運剛好證實了傑帝達說的話。

接下來，對話和辯論在傑克四周快速又激烈的進行著，他即使想跟也跟不上。全和藝術有關。大部分是關於艾柏懷家的藝術。他勉強自己盡量吃點東西以維持身心平衡，雖然他非常討厭煮過的蔬菜。他偷偷把茄子、甜菜和煮過的胡蘿蔔一點一點餵桌子底下的狗。威斯頓顯然來者不拒，尤其特別喜歡甜菜葉子。

「你真幸運，有機會被邀請加入這個奇妙的教育環境。」伯恩斯坦對傑克說。傑克才意識到話題已經轉移到創意學院了。他遲疑的點點頭。他一直沒有注意聽他們說話，所以他不確定伯恩斯坦是否知道他「被邀請加入」的原因。

「我告訴你們，」伯恩斯坦繼續對所有人說，「我有個朋友在一家電視臺做電視雜誌節目。他需要很多能夠使高層主管感興趣的故事。我一直沒發現什麼合適的題材可以給他，現在有了。艾柏懷藝術王國以及奠定王國的在家自學教育方式。如果能借我用電腦，我今天晚上就可以把這個點子傳給他。我知道這可能有點侵犯到你們的私生活，但是我認為，我們這些了解藝術有多麼重要的人，有責任幫助其他人認識藝術。」

稍後，伯恩斯坦和大人們在客廳裡繼續談話，黛拉帶天運上床睡覺，傑克和E.D.被指派清理碗盤，放進洗碗機裡。E.D.一直不說話，可是她的動作很用力，把盤子和玻璃杯弄得乒乓響，傑克很訝異居然沒有任何東西破掉。她到底有什麼毛病呀？傑克納悶著，同時把裝肉的盤子放在地上讓威斯頓舔個夠。

9

E.D.摔上房門，整個人撲倒在床上。一句話也沒有！她想。她母親沒有，傑帝達也沒有。他們從頭到尾一句話也沒有跟伯恩斯坦提到她，甚至根本沒有介紹她的名字。她還不如跟爸爸到盤橋鎮去！隱形，她是隱形人。艾柏懷家的隱形人。真是夠了。她真想離開這個家。

她翻過身來躺著，兩眼盯著她貼在天花板上的搖滾歌星海報。黛拉和豪爾沒有這種搖滾歌星海報。他們才不會降低格調承認自己喜歡這些東西，即使那是整個文明世界和他們年紀差不多的小孩幾乎都喜歡的東西。噢，不行。那對他們而言太沒有獨特性了。太不夠藝術了。那個愛哭鬼傑米·伯恩斯坦八成也從來不會把搖滾歌星海報貼在他的天花板上。他的海報上大概是莎士比亞或畢卡索或……或……伊迪絲·華頓！

好吧，她要讓她的家人明白，她可能沒什麼才華足以吸引電視節目製作人為她做特別節目。可是，她不會忘記約定好的時間，或在全家人沒東西吃的時候還忘記去超市採購。她跟他們其他人不一樣，等她長大到可以獨立生活的時候，她會有能力去應付真實的世界。

任何人如果聽到傑米·伯恩斯坦剛才談論創意學院的那些話，一定會以為這些大人考慮得多麼周詳，為培育下一代藝術天才精心設計出多麼好的教育計畫。事實真相是，只有她一個人真正在努力讓這所學校有學校的樣子，只有她一個人真正在這所學校裡獲得教育，也只有她一個人注意著天運的教育。

她曾經在書上讀到，學習某樣事情最好的方式就是去教它。所以她在設計課程時，每項研究計畫都插入一節教學單元。她在每項研究中覺得自己學得差不多了，就去教天運那項研究主要的概念內容。這樣一來，他會學到很多他自己可能不會選擇去學的知識，而且他在還沒有成為學院裡的學生之前就提早學習，那麼當他開始自己決定學習計畫時，不論他選擇什麼，都不會變成像黛拉或豪爾那麼無知。

傑米・伯恩斯坦擔心電視節目會侵犯這個家庭的隱私。這證明他實在不了解他們。他們每一個人都喜歡活在鎂光燈的焦點下。包括豪爾。把自己變成隱士鐵定成為大家的話題。

她拿起枕頭朝牆壁丟過去。她討厭做艾柏懷家的人。

10

傑克被尖銳的嘎啦嘎啦聲吵醒，是電動磨咖啡豆機的聲音。他看了床頭的鬧鐘，清晨五點半。他拿枕頭蒙在頭上，翻身想再入睡。可是他既然醒了，得去上廁所。他打開房門，看見亞契穿著慢跑服在廚房裡轉來轉去。傑克朝他隨便點個頭，但沒有回應他的招呼。哪有人一大早精神就這麼好？露希說亞契是雲雀。沒錯。只有鳥才這麼早起。

至少他以為如此。他回到床上，正漸漸進入愉悅的夢鄉，夢見一個美麗非凡的女子穿著紫色連身衣在跳舞。突然間，一個不明物體衝進房間墜落在他身上，像石磨般的重量壓得他不能呼吸。他頭上的棉被被掀開。

「你也醒了！亞契叔叔說你還在睡覺。他說你剛才去上廁所的時候都還沒睡醒。你根本沒有在睡。你的眼睛睜開了，醒了！」

傑克呻吟了一聲，試著移動身體讓天運從他肚子上滑到床邊。然後，他勉強用手肘撐起身子。這個穿著海盜睡衣的小男孩，一直嘰嘰喳喳講不停。

「你頭髮尖尖的地方都被壓平了。我跟你說吧！沒有人頭髮可以像你說的自己長成那樣。一定是你把它弄成那樣的。我要看你怎麼弄。我可以看嗎？好不好？嗯？好不好？」

「不好！」傑克說。「走開啦。我還不想起來。我還沒有睡醒。」

「你有。你睜開眼睛了，你在講話。傑克醒來了，傑克醒來了，傑克醒來了！」

「回家去啦。你不知道你不能沒敲門就闖進別人的房間嗎？」

天運跳下床，跑到敞開的房門旁，在門上敲兩下。「我敲門了。現在我可以看你怎麼把頭髮弄成尖尖的了嗎？好不好？好不好？好不好？」

「天運！我怎麼跟你說的？」亞契出現在門口，對著天運搖頭。「你還是起來算了。我可以把他帶走，可是他會再跑回來。相信我，你還不如現在就起來吧。這裡還有他的跟班。」威斯頓進到房間裡，重重的跳上床，舔著傑克的鼻子。

「好啦！好啦！我投降。」他開始覺得似乎可以考慮少年觀護所的生活。

傑克去沖澡，隔著嘩啦嘩啦的水聲聽見了大約重複兩百遍的「傑克哥哥」。他穿好衣服，然後讓天運坐在浴缸邊緣看他抹上髮膠、把頭髮梳成像豪豬身上的刺。有人在旁邊看，做起來比平常困難很多。威斯頓趴在溼溼的浴墊上，鼻子擺在兩隻腳掌中間，目光焦點集中在傑克身上，好像很想吃掉他手上那罐髮膠。

亞契探頭進來說他要去慢跑和打太極拳了。「你願意的話可以在這裡吃早餐，我們有早餐玉米片。或者你也可以去大房子那邊看有什麼吃的。再過幾個小時應該就有人起床了。」

天運請求傑克在他的頭髮上抹髮膠再梳成尖尖的，但傑克可不願意當一個四歲小孩的髮型師。他告訴天運，就算抹髮膠也沒用，只有青少年的頭髮才能翹得尖尖的。「小孩的頭髮不行。」

傑克弄好他的頭髮，露希似乎還在睡覺。傑克很少這麼早就起床、穿好衣服、面對新的一天。他叫天運帶著威斯頓回大房子去，不過，這就好像叫打上岸的浪轉頭回到大海裡。於是，他到廚房去，東找西找，終於找出一盒玉米片和兩個碗。「你可以跟我一起吃早餐，」他告訴正唱著〈黃鼠狼跑掉了！〉的天運，「可是吃完以後，你就回去換衣服。你不能整天穿著睡衣。」

天運停止唱歌，他說如果他想整天穿著睡衣他就可以整天穿著睡衣，而且他有時候就是整天穿著睡衣。

傑克嘆了一口氣。天運長大以後大概不可能變成少年犯——根本沒有任何規則可讓他違反或破壞。

冰箱裡只有一罐牛奶。他在兩碗玉米片裡各倒了一些。他舀了一湯匙放進嘴裡，立刻吐出來。「這牛奶怎麼了？」他說。

天運高高興興吃了一大口，一邊咀嚼一邊聳肩。他吞下口中的食物，然後說：「這是羊奶。」

傑克把他的那碗送給威斯頓。

11

E.D.在教室裡準備展開這一天的工作。她打算先進行蝴蝶計畫裡的教學單元，這樣一來傑克就有事可做又不用接觸活生生的東西。他如果不合作，也不是她的錯。她帶了一大壺水、水桶、一盒麥糊和一疊要撕來用的報紙。她想用紙漿做出毛毛蟲和蛹的模型，教天運關於蛻變的知識。

傑克將頭上的耳機向後推，無精打采的趴在桌上。威斯頓在他腳邊。他正努力應付天運沒完沒了的問題。「你用什麼把頭髮變成紅色？顏料嗎？你為什麼要變紅色？你能不能改成綠色？你能不能把它變成藍色、紫色或銀色？」E.D.想起她曾經看過一部自然生態紀錄片，影片中有一隻小獅子百般折磨一隻公獅子，咬牠的尾巴，又跳到牠背上咬牠的耳朵。最後那隻公獅子狠狠大掌一揮，小獅子摔了個滿地打滾。她希望今天的值日老師，也就是她父親，在傑克受夠了天運而動手之前趕快出現。她父親遲到了。已經快九點半了。

她正把水倒進水桶裡，魯道夫穿著睡衣和拖鞋出現在教室門口。他的頭髮亂蓬蓬的，眼睛瞇著躲避日光。「昨晚糟透了，」他說，「一刻也沒睡好。」他注視著傑克。「理論上我們應該盯著你直到你適應了為止，可是你今天只好靠自己了。你應該有事情做吧，是不是？」

傑克聳聳肩。

「很好。很好。好極了。」魯道夫傾身向前伸出手，一把將傑克頭上的耳機抓下來。他從隨身聽上拔下電線，傑克咒罵了一句，但魯道夫無動於衷。

「這玩意兒會害你二十歲的時候就變成聾子。」

魯道夫把耳機掛在脖子上，用雙手搓搓臉頰，然後轉向E.D.。「昨天的試鏡是一場災難。一場糊塗！你一定想不到盤橋鎮這麼小的地方竟然有那麼多星媽。不幸的是，他們的小孩沒有一個有一丁點兒天分。更別提那些大人了！我並不奢求有茱莉·安德魯斯或瑪麗·馬丁，可是至少該有一、兩個能唱歌或跳舞的人啊，當然最好兩樣都會。我今天得打一整天的電話，打給每一個曾經在這個州導演過音樂劇的人，想辦法找到一些演員——盡量是離這裡不太遠的。託黛拉的福，我還得去找編舞的人。我給她這麼好的機會參與這個地方有史以來最棒的音樂劇，她卻如此冷酷的拒絕了。忘恩負義的小孩比蛇的牙齒還毒！」

他移動腳步往外走，又轉回來。「那個毀了我的車的卑鄙小人呢？拖車公司為什麼還沒來把他那輛破銅爛鐵拖走？院子裡看起來好像在搞什麼拆除大賽之類的。」

「他住在山茱萸小屋。」E.D.說，「爺爺說他可以今天處理他的車。」

「他如果希望解決這件事以後口袋裡還剩下半毛錢，最好給自己找個一流的律師。」他一邊嘀嘀咕咕數落著危險駕駛的問題一邊離去。E.D.把麥糊倒進水裡攪拌，魯道夫突然又從門口探進頭來。「這個早上你們如果真的有事需要我，可以來叫我。如果真的有需要的話。」他朝傑克眨眨眼。「獨立。這是創意學院的宗旨。獨立！記住了。」他說完就走了。

「我打賭你以前從來沒有上過這種學校，老師忙得沒空進教室跟學生在一起。」E.D.對傑克說。

「他偷了我的耳機！」傑克說。「他不能這麼做。」

「他已經做了。」她轉身看著天運，他又開始談起頭髮的顏色。假如沒有大人來保護小獅子免受公獅子的傷害，她只好自己來了。「天運，你去找今天的報紙，拿來給我，等你回來我再幫你準備手指畫的東西。」

天運哼著歌離開教室，E.D.把她的課程計畫筆記本遞給傑克。「我不知道你怎麼可能跟上這些進度，不過假如你不打算去少年觀護所，最好還是做做看。《卡羅萊納州的蝴蝶》在電腦桌那邊。還有一些蝴蝶網站，你可以上去看看。」

傑克把筆記本放在桌上。「我想跟上就跟得上。我從來沒有因為愚蠢而被退學。」

「那得看情況，看你認為把自己弄到這裡來算是多聰明。」她丟給他一些報紙。「假如你不想看書，你可以撕成一條一條的。」

「撕成一條一條的？」

「把報紙撕成一條一條的。」她解釋如何做紙漿，再做毛毛蟲模型，還說明教學單元的內容。

「這是哪一種毛毛蟲？」他瞄了一眼牆上的圖表。「是發亮的豹斑蝶吧，既然你一隻也沒抓到。」

「我要做大樺斑蝶的毛毛蟲，」她口氣很僵硬，「因為牠的蛹最漂亮。我一定會找到一隻豹斑蝶。」

「真有自信。」

「我一定會找到！」

天運帶回報紙，E.D.將報紙攤開在教室角落的地板上，給他好幾大張白色圖畫紙，一盆水和一盒手指畫顏料。在他還沒開始之前，她幫他倒穿上一件大大的男人襯衫，把釦子扣好。襯衫上有很多顏料痕跡，穿在天運身上像一件長及腳踝的洋裝。他高高興興開始畫，把顏料抹在圖畫紙上、襯衫上，有時候也在臉上。他一邊畫，一邊不停跟自己說話，也跟顏料和圖畫紙說話。他不說話時，就發出沒有意義的聲音，一遍又一遍重複，像誦經一樣。「你會習慣的，」E.D.對傑克說，「過一陣子，你就不會感覺到他的存在——就像冰箱的馬達聲。」

傑克還是無精打采，他開始撕報紙。E.D.則著手做毛毛蟲。她做得差不多時，傑克已經在看《卡羅萊納州的蝴蝶》了。她用抹布擦擦手，告訴傑克她要把毛毛蟲拿到太陽下曬乾。「然後我要去找豹斑蝶。」天運很認真的告訴自己要在很綠很綠的森林裡畫一隻橘色大老虎。「你在這裡看著他。」

傑克沒有回答，E.D.認為那表示默認，於是她拿起捕蝶網出去了。草原上沒有豹斑蝶。只有幾隻夏季小藍蝶和一隻黃蝶。這個時候應該不算太遲。現在才剛過九月中。她用力撥開一叢叢及肩的草稈往前走，越來越覺得腸胃好像全攪在一起打結了。她很不喜歡在蝴蝶計畫的圖表上留下一格空白。更糟的是，她已經告訴傑克她會找到豹斑蝶。她非找到不可！

她正想放棄，突然有一隻橙色和米黃色相間的蝴蝶從草原邊的鬱金香叢後面飛出來，尺寸大小剛好。牠停在草尖上，合起翅膀，所以她看不到翅膀圖案。她悄悄靠近，準備好手中的網子，正要揮出去，牠卻展開翅膀啪啪啪飛走了。E.D.咬緊嘴唇，強迫自己不要失望得哭出來。翅膀上的圖案很淡而且是褐色，不是黑色。牠是豹斑蝶沒錯，但不是會發亮的那種。她曾經三次捉過雜斑豹斑蝶。她現在已經會分辨了。她滿身是汗，氣得快爆炸。她故意在外面多晃一會兒，但終究還是得回去。她不想讓天運單獨和傑克在一起太久。

她走向教室，看到傑克從舞蹈教室的方向走過來，威斯頓搖搖擺擺跟在他後面。天運沒有跟他們在一起。豪爾的房間傳出敲敲打打的聲音，不過她還可依稀聽見黛拉的芭蕾舞音樂。傑克一定又去看她了。

「你應該在裡面看著天運。」她對著正走向她的傑克說。

「獨立，」他說，「那是創意學院的宗旨！」

「天運只有四歲！」

「在我看來，是一個非常獨立的四歲小孩。我跟他說我覺得他還沒有獨立到能夠自己一個人完成圖畫。他說他會證明給我看。我就照他的意思啦。」

「讓天運獨自一個人，向來不是什麼好主意。」

「沒抓到你的豹斑蝶嘛，嗯？」他得意的對著她笑。

「我一定會！」她說。

他們抵達教室時，天運在門口迎接他們。「看我！看我！」他的頭髮抹了厚厚一層麥糊，頭髮結塊成一簇簇的全立起來了。「你看吧，傑克？小孩的頭髮也可以尖尖的翹起來。等它乾了，我要把它畫成紫色！或綠色！我喜歡綠色。你喜不喜歡綠色？」

12

過了一星期。傑克在紫藤小屋的浴室裡，把頭髮抹上髮膠梳成尖尖的，心不在焉的哼著歌。他對著鏡子皺眉頭。他打扮成這個樣子太久了，幾乎想不起來自己有過別的樣子。但事實上，他越來越厭倦每天重複做這件事。費這麼大工夫本來是為了引起別人的注意，讓他因此得到想要的東西。可是在這裡，他這樣做根本沒什麼好處。沒有人在乎。艾柏懷家只有一個人注意他的頭髮，就是天運。而那已經製造出很多麻煩了。

那天，天運把麥糊弄到頭上，堅持要讓頭髮就那樣乾掉，不過傑克和E.D.至少沒讓他塗上顏色。傑克現在明白為什麼麥糊可以用來做紙漿了。它乾了以後，硬得像石頭。西波·詹姆森在那種情況下完全拒絕負起母親的責任。「是你給他的靈感，」她對傑克說，「你負責把它洗掉。」傑克以前從來沒有處理過大聲尖叫、拳打腳踢的四歲小孩。經過一個半小時的浸泡和歇斯底里的掙扎，才把所有的麥糊洗掉，而傑克已經和天運一樣全身溼透又累癱了。

那還只是開端。第二天，天運用綠色的手指畫顏料塗他的頭髮。第三天，他用彩色麥克筆把頭髮塗成一道道彩虹。幸好，那些顏料都是水溶性的。天運常常忍不住會在不該塗色的地方塗色，因此所有永久性的色筆在艾柏懷家都算違禁品。

沒有人介意這個小男孩整天頂著一頭五顏六色的頭髮到處跑，不過西波堅持他上床睡覺以前必須統統洗掉。這個工作自然就落到傑克身上。天運漸漸把這件事情當成一種遊戲，想盡各種辦法來測試人家幫他洗頭到底有多難。超級困難！這個小孩簡直沒救了。傑克認為艾柏懷家的大人真正該做的，就是把天運剃成光頭！

傑克盯著自己的頭髮，已經太長了。而且，深褐色的髮根長出來，使這個髮型變得有點亂糟糟，不像故意設計的。還有衣服的問題。天氣越來越熱。豔陽高照，又悶又溼，黑衣服感覺起來更熱。但是他只有黑色的衣服。他只戴過銀釘項圈兩次——害他脖子一直出汗而且還磨破皮。

傑克開始覺得他整個人逐漸消失了。除了E.D.和天運以外，沒有人注意到他罵髒話。天運咯咯笑，E.D.只是嘆氣搖頭。他以前用來向別人表示他是誰，還有他的立場是什麼的那一套，在這裡都不管用。

他甚至不能像以前那樣保持冷漠。沒有電視可看。隨身聽沒有耳機也不能用。假如他膽敢在別人看得見的地方吸菸，一定會有人來拿走他的香菸。不只傑帝達。亞契、露希也會。亞契拿走、踩熄，也就罷了。但露希對他發表了十分鐘的演說——主題不是吸菸有害健康，關於這一點他已經聽過上千萬遍了；她說的是褻瀆菸草的問題，她說菸草對美國印第安宗教精神而言是神聖的東西。演說結束前，她已經淚流滿面，泣訴「美國原住民文化被肆意毀滅。」露希‧艾柏懷是個超級樂觀開朗的人，看她落淚很令人難受。傑克非常不習慣這種感覺。

於是，三天前，他帶著一根香菸到草原上，想找個能好好吸幾口的地方。草原上無處可坐，他在池塘邊找到一塊大木頭，坐下來。威斯頓跟著他。傑克才剛點燃菸，輕鬆優閒的深深吸了一大口，那隻狗就被香蒲纏住陷入泥沼裡了，牠的哀嚎聽起來好像快被謀殺似的。傑克去拉牠出來，自己卻也陷進去。傑克從來沒遇過這麼臭、這麼黑、這麼噁心的泥沼，還把他腳上的一隻運動鞋拔了下來。等到他終於爬上來、拉出那隻狗、找到他的運動鞋，他從頸部以下到腳趾都又髒又臭。

後來，他發現脖子後面有兩隻蝨子，牠們的頭鑽進他的皮膚裡，吸吮他的血。亞契用小鑷子把牠們拔出來，並安慰他說應該不會得到腦脊髓膜炎，因為那些蝨子留在他身上的時間不算太長。這一連串苦難使他完全失去溜出去吸菸的興致。

除了發生在池塘的意外，這隻狗也成了討厭的麻煩。不論傑克去哪裡，威斯頓就跟到哪裡。牠已經拋棄大房子，搬到紫藤小屋來住了。精確一點說，搬進了傑克的房間。雖然傑克堅持牠得睡在淡紫色的地毯上，但每次傑克在破曉時分，被亞契晨跑前磨咖啡豆的聲音吵醒而痛苦萬分時，威斯頓總是躺在他身旁，在棉被底下按住他，發出均勻的鼾聲，在他的枕頭上流口水。他必須把狗推下床，才能起身去上廁所。

現在，傑克梳好頭髮，向後退一步，差點被躺在身後的威斯頓絆倒。這隻狗輕快的汪汪叫，跳到他的腳上，使傑克差一點又被絆倒。他恢復平衡前手肘撞到了盥洗盆，膝蓋撞到了馬桶。他咒罵一句。「你怎麼搞的，老狗？你為什麼不離我遠一點嘛？」威斯頓搖著尾巴，用那雙悲傷下垂的眼睛望著他。他想把這隻狗踹到走廊去的衝動，立刻完全消失了。傑克伸手輕輕撫摸狗的耳朵背後。這就是了。這就是證明。他從前認識的傑克，從前那個他快要消失了。沒有東西——沒有人——可以讓那個他再回來了。

13

E.D.獨自在教室裡，坐在電腦前面，雙手摀住耳朵。傑克和他的狗影子威斯頓跟亞契到鎮上去買木工材料，露希帶天運搭他們的便車去圖書館。傑米·伯恩斯坦仍然住在山茱萸小屋。他決定寫書，還堅持書名一定要叫「艾柏懷藝術王國」。他幾乎完全占據了教室的電腦，有時寫書、有時跟在電視臺工作的朋友互傳電子郵件，安排拍攝這家人的紀錄片，或至少電視專輯。不過他現在到木工室去了。她趕快利用這個機會上網做數學。可是她沒辦法專心。

E.D.一直以為人可以習慣聲音，就像聞久了某種味道自然就習慣了。這叫做感覺疲乏。習慣以後就不會再注意到了，就像喋喋不休的天運。她還告訴過傑克，這就像習慣冰箱的馬達聲一樣。她沒說錯，每個人都習慣了天運。不然不可能在這個家活下去。

可是這次情況不同。這次很嚴重。非常、非常嚴重。簡直是折磨。她曾經聽說過，警察或聯邦調查局包圍某些武裝集團，會用超強的喇叭對準那些人，大聲播放搖滾樂。她可以理解為什麼那個方法會有效。只不過他們不應該放搖滾樂，應該放《真善美》的音樂，效果一定更快。二十四小時以後，那些被包圍的人就會乖乖放下武器，跪著爬出來，眼神像烏菲一樣瘋狂，自我強迫不停唱著有母鹿和貓咪鬍鬚的歌詞。

她的父親每天從早到晚不斷播放《真善美》的音樂，連續五天了。他說他需要讓自己完全沉浸在這齣戲的音樂氣氛裡。於是每個人也跟著完全沉浸在這齣戲的音樂氣氛裡。她的母親拜託他用耳機，可是他當然拒絕了。「那玩意兒不只傷害耳膜，而且擾亂腦波！」所以，音樂從客廳的音響喇叭強力放送出來，不只充斥整棟大房子，還從窗戶飄向致知園的每個角落。

自從快遞送來一捲金屬線和兩大袋石膏以後，豪爾在樓上安靜了一陣子。他的門上原本標示「豪爾·艾柏懷，畫家」，現在改成「豪爾·艾柏懷，雕塑家」。不過不論他用金屬線和石膏在雕塑什麼，他又開始敲敲打打了。E.D.認為他純粹是在自我防衛。西波在書房裡戴起耳罩，以便繼續寫她的文學名著。

黛拉發誓她在舞蹈教室裡也能聽到音樂。她宣稱，她的芭蕾舞已經從充滿衝突與不協調的悲劇，變成類似波卡舞曲的風格了。露希多半待在紫藤小屋裡，將所有門窗緊閉，拉上所有的窗簾。她說唯有如此，她寫詩的時候才不會一直想到和歌詞同聲韻的字，例如線和麵，手套和小貓。E.D.猜傑米·伯恩斯坦可能也是無法忍受音樂才跑去木工室。他可以在那裡訪問傑帝達和亞契，反正那些工具的響聲可以蓋過其他任何聲音。

E.D.並非不喜歡那齣戲的音樂。事實上她很喜歡。可是這樣不斷重複播放使這些歌在她腦子裡產生可怕的痕跡。即使當魯道夫帶著CD去盤橋鎮進行他所謂的「永恆、無止盡、澈底絕望的試鏡」，在那值得感謝的幾小時裡，她仍然不得喘息。那些音樂依然在她腦中一遍又一遍播放。她會突然發現自己在哼歌，吹口哨。不只歌詞裡的山峰活起來了，還有樹木、青草、房屋，和整個宇宙！更糟的是，傑克也開始跟著哼唱，所以就算她真的暫時將那些音樂趕出她的腦袋，他隨時很快的又把它們召回來。

魯道夫・艾柏懷不常執導音樂劇，就算有幾次這樣的機會，也都在外地。在別的州，別的城市。如果他這次真的搞定了這齣戲的角色，如果全家人熬過了這段排演的日子，E.D.要提議制定一條家規，規定他從此以後不得在家鄉執導音樂劇。

為了躲避音樂，也因為她已經完全無法自拔，她這星期大部分的時間都在草原上、池塘邊、松樹林裡，踏遍十六畝地的每個角落——尋找會發亮的豹斑蝶。她每天從外面回來時，脖子上掛著沒派上用場的相機，網子空空的，而傑克臉上得意的笑容越來越刺眼。E.D.從不輕言放棄，但她開始覺得希望似乎越來越渺茫。九月是可以觀察到牠們在附近飛翔的最後一個月份，據說過了中旬以後就罕見了。只剩下六天，九月就結束了。

看起來，蝴蝶計畫的圖表上可能會有一欄空白。她一想到這事就抓狂。書上說，會發亮的豹斑蝶是一般常見的蝴蝶。她應該早在幾個星期前就捉到了。偏偏命運開了個爛玩笑，使她到現在還沒找到。這像詛咒。她百分之百確定，假如傑克·森普沒有出現，她早就找到了。但是他來了，而且還向她挑戰。她告訴他一定會找到，如果她找不到，傑克·森普就贏了！

這項研究計畫裡的其他部分都完成了。毛毛蟲和蛹的紙模型在教室的架子上，已經照著書上的圖片塗上顏色，預定下週一進行有關「蛻變」的教學單元。她會向天運說明毛毛蟲如何變成蛹，然後把蛹切開，說明圖表上相片裡的大樺斑蝶如何從蛹中爬出來飛翔。她稱教學單元以及一篇描述計畫內容和結果的報告為「最終成果」。她的報告幾乎寫好了——只剩下一段關於會發亮的豹斑蝶的描述，或者要說明她為什麼必須放棄牠。失敗宣言！她簡直不能想像。

創意學院沒有正式的成績制度，但E.D.總是會為自己的研究和作業打分數。這樣讓她了解自己的程度和已完成的進度，多數時候也讓她有一種舒暢的成就感。少了會發亮的豹斑蝶，她這學期的科學成績就只能得乙了。她不習慣拿乙。她總是一直努力，一直努力，直到她確定自己應該可以得到甲。但豹斑蝶這件事不是靠努力就可以解決的，完全不在她的控制範圍之內。

更糟的是，她一直堅決要找到牠，其他科目的進度就都落後了。包括數學。她的數學指導老師還傳來一封電子郵件問她是否生病了。她現在正盡力趕上。可是她越想專心，那首〈攀越群山〉的歌詞似乎就聽得越清楚。歌聲回蕩在房子裡，催促她爬山、涉水、追尋彩虹。

突然，有新的聲音加入了客廳喇叭播放的音樂。傑克衝進教室裡，拉開嗓門大聲唱著要她繼續爬山、涉水、追尋彩虹。感謝上天，最後一個音符消失後，CD戛然而止，整棟房子安靜下來。豪爾的敲打隨著音樂停止了。傑克得意的笑著，兩隻手藏在背後。威斯頓跟著他進來，在他腳邊坐下。「這首歌是對的！」傑克說。

「對什麼？」

「就是如果你不斷努力追尋，就會找到自己的夢想。嗯，我不會說這是個夢想——至少不是我的——而且也不需要爬什麼山啦。反正，我找到了！」他說著從背後拿出一個透明塑膠盒，那種裝堅果或螺絲釘的小盒子。盒子裡有一隻翅膀受傷了的，軀體乾枯的，會發亮的豹斑蝶。

「你殺了牠！」她說。

「我發現牠的時候，牠已經死了。你猜在哪裡？」她沒有猜，他照說不誤。「就在亞契的卡車前面。夾在鐵欄縫裡。大概有好幾天了。說不定好幾個星期了。」

E.D.盯著面前這隻損壞了的昆蟲。牠的身分毫無疑問。

她好想哭。這個結果跟在圖表上留下空白一樣糟糕。現在，蝴蝶計畫可以得到甲了。但不是她的甲。是他們兩個人的。

14

這個女孩究竟有什麼毛病啊？傑克心裡想。他救了她那個愚蠢的蝴蝶計畫，不是嗎？她生什麼氣啊？她應該感謝他才對啊。他從盤橋鎮回來的路上，一直在想像，當她看見他找到她想要的臭蝴蝶時的反應，早知道這樣，不如給她一隻蛞蝓算了，或癩蛤蟆、死負鼠。真是好心沒好報。哼，他以後絕不再做這種事了！

傑克用力將塑膠盒甩在E.D.的桌上。魯道夫‧艾柏懷突然衝進教室，差點兒被躺在門口的威斯頓絆一跤。威斯頓急吠幾聲逃開，魯道夫卻渾然不覺。「誰唱的？剛剛誰在唱歌？」他的目光在教室裡亂掃一通。「傑克？不可能是你。是嗎？是你？」

傑克聳聳肩。「剛才嗎？我——應該是吧。我只是隨便唱——」

「你在哪裡學過唱歌？你怎麼會有這麼優美的聲音？」

「我不知道——我只是——」

「別管了。你會表演嗎？」

傑克又聳聳肩。他讀一年級的時候，曾經在感恩節演過一個南瓜，但那完全談不上演技。老師給他那個角色，是因為那個角色沒有半句臺詞。她很擔心他在臺上講出不該講的話。

「我們今天晚上就知道了。你來試鏡，我讓你跟珍妮・奈爾對戲。到目前為止，我看了聽了那麼多人，大概只有她能演莉絲的角色。」魯道夫兩手抓住傑克的肩膀盯著他仔細看，他的頭斜斜側向一邊。「有可能，真的有可能。還好，珍妮的個子很嬌小。你會唱洛夫的歌嗎？」

「洛夫的……？」

E.D.說話了，「洛夫？傑克不能演洛夫！洛夫十七歲耶。」

「我知道，我知道——快要十八歲。你……幾歲，傑克？」

「十三歲。今年五月。」

「喔，還好你已經變聲了。而且你比一般同年齡的小孩還高吧。洛夫可以是個小個子。沒人規定洛夫不能是個小個子。這也讓他更有理由想加入納粹保衛軍——彌補身材造成的缺憾。這個心理層面的意義簡直太高明了。」魯道夫鬆手放開他。「這個角色很突出，唱一首好聽的歌，跳一段舞，還有浪漫的愛情。最後，結局的戲劇高潮也是從你身上開始的。」

「可是我從來沒有……」

「沒關係。你會唱歌！你的聲音宏亮又有震撼力，音準也很好。我現在不在乎你是不是演得像個木頭人。你夠聰明。你如果不會演，我教你。我馬上拿劇本給你。試鏡試了這麼久，還沒遇到能演洛夫角色的人。一個也沒有。結果你一直在這裡，就在我自己家裡！」

說完，魯道夫・艾柏懷走出教室，哼著洛夫該唱的歌，走音了。傑克想，還好他不教唱歌。

「你要去嗎？」E.D.問。

「干你什麼事？」傑克說。這其實是傑克應該問自己的問題。可是不知怎麼的，他不想問。魯道夫・艾柏懷想要他去演《真善美》。從他開始理解這是怎麼回事的那一刻起，他就知道答案了。他當然要去。

「因為假如你去了，只要你敢……你敢……在教室裡唱洛夫的歌，或不管什麼歌，干擾到我讀書，我就……我就……」

傑克沒有在聽她說話，他陷入自己的思緒裡。他突然注意到，他的心臟興奮得怦怦跳。他從來沒有試鏡過。萬一他怯場呢？在舞臺上當著這麼多人面前唱歌是什麼感覺？他從來不知道。而且還要演戲。他不確定自己會不會，尤其是要講別人編的臺詞。不過他腦子裡有個聲音對他說，他可以做到。仔細想想，他從小到現在其實一直在演戲。

他不大清楚這齣戲的內容，可是他對音樂的部分很熟悉。現在，致知園裡沒有人不知道每一首插曲的每一句歌詞。魯道夫問傑克在哪裡學唱歌。詭異的是，直到剛剛，他才知道原來自己會唱歌。他從來沒有想過。優美，魯道夫‧艾柏懷竟然誇他的聲音，優美。

15

她的父親離開還不到兩分鐘，傑克就開始哼起洛夫唱的歌了。E.D.關掉電腦，旋風般衝出教室，她的胃難受極了。她想上樓回自己的房間，踏上幾階樓梯，音樂又開始了，整棟房屋立刻回盪著《真善美》序曲的前奏。幾乎同一時間，豪爾的房間也開始傳出敲敲打打的聲音。

E.D.轉身穿過廚房，甩上紗門。露希在穀倉旁的山毛櫸樹下，為天運朗誦。波利在她爺爺小屋的陽臺上，瘋狂的發出尖銳的笑聲。奧菲麗雅的死亡音樂從舞蹈室不斷向外擴散。這些聲音，加上高亢激昂的蟬鳴，好像要和大房子裡的音樂一起聯手震破她的頭。

她已經來到外面了，她不知道自己想做什麼。不需要拿捕蝶網去草原了。沒有蝴蝶可找了。除非她先回教室去把她的東西拿出來，否則她什麼功課也沒得做。她現在甚至不在乎是不是永遠不回那間教室去了。她不明白自己為什麼會有這種感覺。其實，她根本不知道自己到底有什麼感覺。不論如何，總之糟透了，她希望能讓它趕快消失。

她一直一直走，不知不覺走到羊圈。烏菲一定被關起來了。只有海瑟在外面。牠在羊圈的角落裡，頭低到柵欄底下，盡力把脖子伸得長長的，想要吃另一邊的雜草。羊圈的地上沒什麼草。兩隻羊已經讓這塊地清潔溜溜了。牠們的食槽也空了。E.D.連根拔起一把雜草，拋進柵欄裡。海瑟把頭抬起來，咬起雜草，開始咀嚼。E.D.決定餵牠飼料，她才剛把一隻手放在柵門上，烏菲就像閃電般衝出來，雙眼冒火，低著頭。牠衝過海瑟身邊，朝著柵門撞過來，撞擊的力道震得E.D.整隻手臂發麻。

「好吧！」她對烏菲說。牠搶走了海瑟的雜草，正在甩來甩去好像想殺死它們。「你餓死好了，我不在乎。你們統統餓死好了！」

木工室響起車床的聲音。E.D.宛如跟著麵包屑做的記號般循著聲音前進。或許跟傑帝達在一起會讓她好過一點。傑帝達總是能讓她覺得好過一點。

「嗨，小姑娘，」她溜進門時爺爺大聲跟她打招呼，「誰打敗了你的狗？」

「什麼？」

他關掉機器。「自從我上次在海岸邊遇到海嘯，開車回到高速公路上又看見龍捲風後，我就再也沒見過像你臉上表情那麼恐怖的東西了。」

木工室裡有三張剛做好的搖椅。E.D.一屁股坐進其中之一。「亞契叔叔呢？」

「他惹你生氣？」

「沒有。我是說，我沒生任何人的氣。」

傑帝達搖頭。「騙不了我。亞契帶那個記者小子去舊公路橋邊釣魚了。」

「釣魚？」E.D.想不起家裡有誰曾經釣過魚。

「他在鎮上買了一支釣竿，去練習練習。好像是說電視臺的人來的時候，要拍一些我們過日常鄉村生活的畫面。證明我們不做藝術活動的時候，跟一般正常人一樣。據說這樣對收視率有幫助。」

「喔。」E.D.開始在搖椅上前後搖晃。

「輕點，輕點！這麼用力會栽跟頭的。什麼事讓你這麼難受？」

E.D.聳聳肩。「沒有。」

傑帝達拍拍圍裙上的鋸木屑，坐在另一張搖椅上。「是。我看得出來。」

「爸要讓傑克去演《真善美》裡的角色。一個重要的角色。唱一首歌加上演戲。」

「啊哈。」

E.D.皺起眉頭看著爺爺。「那是什麼意思？」

「沒有。就只是啊哈。還有嗎？」

E.D.想告訴他關於會發亮的豹斑蝶的事，可是她不能說。一想到聽起來像什麼，她就開不了口。她怎麼能因為別人幫忙而生氣呢？「還有傑米・伯恩斯坦！」她在說什麼啊？「他為什麼還在這裡？」

「因為他的口袋空空了。他那輛老爺車沒有保撞車險。他沒錢，走不了！」

「你們買張車票給他就好了嘛。」

「你開玩笑嗎？他百分之百崇拜我們走過的每一吋土地。我們誰能拒絕這種事？這小子對藝術和藝術家著迷得不得了。而且，他滿腦子都是關於我們的計畫。首先是電視節目。可能會變成一部紀錄片。然後他想為我們每個人寫一篇報導寄給不同的雜誌社。可能還會介紹創意學院。再來是他的書。林林總總一籮筐。他在這裡有吃有住還有地方工作，我們得到一位媒體經紀人。」

傑帝達跟E.D.以同樣的節奏搖了一會兒。她依稀聽到從大房子傳出的音樂，不自覺的握緊拳頭。

「所以，魯道夫認為傑克會唱歌，嗯？」傑帝達說。

她點點頭。

「我有話跟你說，我希望你聽清楚。你有在聽嗎？」

E.D.又點點頭。

「我說，你有在聽嗎？」

「有，我在聽！」

「很好。你，伊迪絲•華頓•艾柏懷，很有才華，真實的、重要的才華。

就算有人像傑米•伯恩斯坦對藝術家這麼崇拜，並不表示只有藝術家才是世界上最有價值的人，也不能說藝術比人類所做的任何其他事情都更重要。」

E.D.想到她的課程筆記，她的研究圖表，她設定的目標和教學單元和進度表。「我知道！」她說。是的，她知道，不必他說。

問題是，此時此刻，知道這些並不能使她覺得好過一點。

16

魯道夫・艾柏懷開著剛修好的米雅達汽車載傑克從盤橋鎮回致知園，傑克坐在駕駛座旁的位子上，一路上回想著今天晚上發生的事情。他跟魯道夫去試鏡了。車子開到劇場前停下時，傑克有些驚訝。他以為劇場大概像電影院，在盤橋鎮熱鬧的商店街上。出乎他的意料之外，其實是一棟孤立的磚頭房子，四周環繞著修剪整齊的草坪。傑克想，看起來真像圖書館。房子後面突出一個四四方方的房間，魯道夫稱那裡為「後臺」。

兩扇前門的兩側各有一排圓柱子，門的上方懸掛著一條紅黃相間的大布條，上面寫著「盤橋小劇場，第五十六季公演」，字的下方有兩張面具，一張笑臉，一張哭臉。他們從布條下方走進大廳，左方有售票口，前面有三扇門通往禮堂，魯道夫稱那裡為「劇院」。他們抵達的時候，大廳裡有三三兩兩的人群，劇院裡人更多，散坐在一排又一排深藍色絨布座椅上，面對著舞臺。魯道夫一進去，立刻引起一陣緊張的騷動和噤聲。

有一位身穿淺藍色絲質套裝、盤起一頭金髮的女士，快步上前來跟他說話。「我真的很希望你今晚能做出最後決定，」她說，「我擔心，我們的人開始有一點反彈了。」

傑克不知道她說的「反彈」是什麼意思，不過從那些人彼此的對待以及對待他的態度看起來，他猜那表示「敵意」。傑克偷聽到一些人談話，他發現每個曾經參加小劇場演出或還沒參加過的人，都希望自己或自己的小孩能參與這一次由真正的、職業的、紐約來的導演執導的戲。可是試鏡階段拖太久了，沒有任何跡象顯示魯道夫何時會宣布結果。空氣中彌漫著焦躁的氣氛。許多人小聲議論著傑克的頭髮和眉環。他不是唯一的箭靶。其他人也一樣，只要一站上臺唱歌或唸臺詞，就會引來臺下竊竊私語的批評。

輪到傑克上臺，他和珍妮·奈爾對唱〈十六歲到十七歲〉這首歌，跟一位古怪瘦小、負責編舞的男人學一些舞步，再跟珍妮一起跳舞，然後又唸了劇中角色洛夫最重要的一幕臺詞——還是跟珍妮一起。珍妮嬌小纖瘦，留著烏黑的長髮，美麗脫俗的臉上有一雙大眼睛。她的歌聲悅耳動人。他雖然很緊張，可是她有一股安定沉穩的氣質，使他覺得在舞臺上只要有她在身邊，自己就可能做得到。他真的可以！他做到了。連傑克都曉得，他表現得很好。

另一個男孩，有紅頭髮和滿臉雀斑，實際年齡就是十七歲多、將近十八歲。他也試了洛夫的角色，唱歌、跳舞又唸臺詞。但他不是和珍妮對戲，而是和一個金髮女孩。那女孩在臺下等待的時候，一直藉機告訴別人她曾經在小劇場演過很多不同的角色。她說了四、五遍，說她第一次演出時只有五歲。傑克完全不懂劇場，可是他知道，這個金髮女孩不論演過多少角色、不論從多小就開始演戲，完全無法和珍妮相提並論。紅髮男孩似乎很會演戲，但根本不能唱歌。

傑克出門前才匆匆忙忙看完整個劇本。他不認為這個故事如魯道夫說得那麼糟。故事發生在二次世界大戰初期，德軍占領了奧地利，關於馮崔普一家人的故事。馮崔普男爵是奧地利的海軍軍官，他的妻子過世了，他從附近的修女院找來一個年輕女人當七個小孩的家庭教師。這個家庭教師教七個小孩唱很多歌。男爵愛上了她。然後德國納粹軍人侵略奧地利，要求男爵加入德國海軍。於是這家人，包括這時已經成為男爵夫人的家庭教師，利用他們在音樂節的演出做幌子，逃離奧地利，翻山越嶺到瑞士去。

傑克飾演的角色洛夫，是一個信差，愛上了男爵的大女兒。戲結束前，他加入納粹保衛軍，協助德國人搜捕男爵全家，阻止他們逃亡。不過洛夫因為愛著莉絲，最後放這家人逃走了。

「所以，」魯道夫一邊把車開進致知園的車道上，一邊說：「你和珍妮演洛夫和莉絲。你演得不壞，又能跳舞。而且，珍妮很嬌小，你夠高，你們兩個在臺上看起來剛剛好。奈爾全家人都很有才華。我打算讓她妹妹演葛拉特。咦，什麼東西在鬼叫鬼叫的啊？」

一聲長長的哀嚎使傑克想到龍捲風來時的警報聲，然後哀嚎聲突然間變成一陣低沉的狂吠。他們的車沿著樹叢轉個彎，車燈照到一幕驚人的景象。威斯頓猛搖尾巴、耳朵上下拍動著、瘋狂的汪汪大叫，朝他們飛奔而來。魯道夫把車停住，那隻狗立刻衝上來，趴在傑克座位的門邊不停跳躍，時而哀鳴、時而狂吠。「別讓這怪物的狗爪碰我的車！」魯道夫朝正在開門的傑克大叫。「你看看牠到底怎麼回事？」

威斯頓扭出很奇怪的姿勢，從車道跳到傑克的大腿上，像十噸卡車落地。牠的後爪落在傑克的雙腿間，伸出流著口水的舌頭不停舔著傑克的臉。

緊跟在後的是黛拉與西波。「傑克・森普，你到底對這隻狗做了什麼？」黛拉邊跑邊叫，帶著質詢的口氣。「牠完全瘋了！」

「我……我……」傑克即使真的有話說也開不了口。他得閉緊嘴巴應付這隻狗攻擊式的激烈歡迎。

「你們一離開，牠就開始慘叫，」西波說，「沒有停超過十五秒。已經叫了好幾個小時了！牠一直坐在前門叫個不停，好像世界末日到了！」她手上拿著眼鏡，激動的在空中揮舞。傑克覺得她好像恨不得用眼鏡打他。「牠一直吵，我不能思考，更別提工作了。要不就是《真善美》，要不就是這隻瘋狗。我乾脆放棄我的寫作算了。」

「你從今天起不能出門了，」黛拉對傑克說，「說定了。除非你帶著威斯頓。沒有任何東西能讓牠停下來。我給牠吃肝臟點心，牠最愛的食物，可是牠看著我，好像我是神經病。牠什麼也不要。不管你去哪裡，都得帶牠去！」

「你們兩個胡說什麼？傑克每天晚上都要去排戲。我不能帶狗去排戲，」魯道夫說，「我絕對不要狗出現在我排戲的地方！」

「那你就不能帶傑克去。」西波說，「你自己選擇。你如果想要傑克演你的戲，你就得帶著威斯頓。我不要牠在這裡哀嚎不停，彷彿是飽受折磨的靈魂。」

「可是，萬一牠在排戲時亂叫呢？」

「牠不會。」E.D.加入他們。「有傑克在就不會。」她說，「牠的狗腦袋現在認為牠是傑克的狗，就是這樣。」她對傑克皺眉頭。「你這叫做製造情感疏離，是可起訴的罪名。」

「狗不算啦。」黛拉說。

「是嗎？哼，威斯頓本來是我們的狗，現在牠以為牠是傑克的狗。」

傑克好不容易把威斯頓趕下去。牠坐在車道上，仰望著傑克猛搖尾巴，整個身體搖搖晃晃。「我沒做什麼！我只是餵牠吃一點東西，有時拍牠幾下。你們好像根本沒人理牠。」

「我有！」E.D.說。「至少以前有，在牠還沒有變成你的影子以前。現在牠看也不看我。誰也不看，除了你以外。」

「給牠吃肝臟點心也沒用！」黛拉說。

「夠了，夠了，夠了！」魯道夫說，「我們另外找時間處理這隻狗的問題。進去吧。我要召開家庭會議。現在。」

「家庭會議？每個人？」E.D.說。

「除了天運和豪爾以外。我還沒那麼脫離現實。」

西波看看錶。「快十一點了耶！露希和亞契已經睡了。」

「哦，那就把他們叫起來啊！讓這隻鬼叫鬼叫的狗去叫他們。我們要來個家庭慶祝會！你們誰去把伯恩斯坦找來。這跟他也有關係，如果他真的想做他說的那部紀錄片，我有消息要宣布！好消息。我終於成功的選定這齣戲的角色了！」

17

「你開玩笑！」西波捧著托盤端來咖啡，「碰」的一聲把托盤放在桌上，咖啡都濺出來了。

E.D.覺得她父親不大可能為了開玩笑而把大家抓來開會。傑帝達沒來——她去叫他，他說除非是有人到鬼門關前，否則不論什麼事情，他都覺得可以等到明天早上再說。露希和亞契來了，她必須叫醒他們。他們穿著睡衣，睡眼惺忪的坐在沙發上。傑若米・伯恩斯坦也來了，帶著筆記本和筆。

「我為什麼要開這種事情的玩笑？這次試鏡的經驗是我這輩子遇過最痛苦的一次。最難的就是演瑪麗亞這個角色的人選。安娜·瑪貝能唱能演，又年輕漂亮。她是最完美的人選！」

「噢，這樣的戲一定會引起很多人注意，」西波說，「據我所知，以前從來沒有非裔美國人演過瑪麗亞這個角色。」

「那是因為以前從來沒有人在卡羅萊那州的盤橋鎮演過這齣戲。」

「我以為《真善美》是真實的故事，」E.D.說，「不是真的有瑪麗亞·馮崔普這個人嗎？」

「當然，」她的父親說，「她是馮崔普家庭合唱團的最大推手。」

「可是，她不是黑人啊。」

傑米·伯恩斯坦從托盤中拿起一杯咖啡，用紙巾擦了擦杯底。「嚴格的說，這齣戲是根據真實的故事寫成的。它是文學，音樂劇，不是紀錄片。羅傑與漢莫斯坦創作的時候做了一些改編。同樣的，你父親選角也可以這麼做。這是一種超越膚色的選角方式。」他轉向魯道夫。「怪不得你是這麼傑出的導演！你有勇氣和遠見做出這樣的選擇。」

「這是唯一可能的選擇。」魯道夫說，「安娜非常有才華。她從西北大學畢業，主修音樂劇。她還是詩班主唱，他們去全國各地巡迴演出了三次。假如我沒找到這個女孩，我就得放棄這齣戲了。這方圓百里之內，沒有其他可能的人選。而且，她不是唯一一個超越膚色的角色。我們會有彩虹般的演員陣容。演露意莎和費德烈這兩個角色的是黑人，演莉絲和葛拉特的是越南人。」

「等一下，等一下，」E.D.說，「我知道這齣戲不是紀錄片。可是觀眾難道不會看不懂嗎？馮崔普家的孩子們來自同一對父母親，應該要合乎生物學吧。你不能讓一家人出現三種不同種族！沒道理。」

「當然有道理！這是音樂劇。唱歌、演戲、加上一些舞蹈。我選的演員會唱歌會演戲，比鎮上所有其他人都好。」

「超越膚色的選角方式是對的，」傑米·伯恩斯坦說，「不管合不合乎生物學，你父親有義務選出最好的演員，不管他們的膚色或種族背景。」

「完全正確！」魯道夫一邊說，一邊攪一大湯匙的糖在他的咖啡裡。「反正，表相不重要。等戲開始了，我保證觀眾不會注意。」

西波搖搖頭。「嗯，我想他們一定會注意到。」

傑米搖晃著他的咖啡杯。「我認為這裡面包含了具有震撼力的哲學思想。畢竟，《真善美》的主題是什麼？」

「談戀愛和逃避納粹。」黛拉說。

傑米點頭。「逃避納粹。納粹為什麼惡名昭彰？大屠殺，殺了六百萬猶太人。是近代史上最可怕的種族仇恨的例子。反省我們自己的種族歧視，還有什麼方式比用超越膚色的角色來演這齣戲更好呢？太有啟發性了！」他開始在筆記本上振筆疾書。「想想看。《真善美》大概從來沒有這樣演過。而且是在美國南方。這是電視節目的好題材。電視臺的人一定會喜歡。我們可以請他們來看首演。」

魯道夫露齒一笑。「沒錯，當然啦。我就是基於這樣的哲學思想決定選角的方式。」

這是天大的謊言，E.D.想，屋子裡每個人都曉得。不過，她知道從現在起，她的父親會這樣想，而傑米也會這樣寫。

「黛拉，我告訴過你，我會給這齣戲嶄新的面貌。記得嗎？記得嗎？我說我會讓觀眾在散場時一邊哼歌一邊思考。」

「希望小劇場的委員會不會抽你後腿取消整個演出，」西波說，「盤橋鎮說不定還不能接受這種事情。」

「他們不敢！」

露希忍住呵欠。「魯道夫，我很高興你終於敲定演員了。我相信一切都會很順利。西波，別擔心，全世界每天有許多觀念在改變。多元的和諧。盤橋鎮也是。沒什麼好擔心。」

E.D.想，以露希的世界觀，永遠沒什麼好擔心。她看了傑克一眼，他坐在沙發另一頭，威斯頓躺在他腳邊。他直視前方，好像完全沒聽到大家說話。他的眼神有點怪。不知為什麼，她想起黛拉談起她的芭蕾舞時的眼神。

「我們要去睡覺了。」露希說。她推推亞契，他已經坐著睡著了。「走吧。高文達思瓦密明天一早就來了。」

「誰？」魯道夫問，「誰要來？」

「拉維•高文達思瓦密。我的精神導師。別告訴我你忘了這件事！他會住在香楓小屋。」

「你的精神導師要來住?明天？」西波驚慌的問。「你怎麼沒有先通知我們？」

露希站起來，拉著亞契的手臂。「我有通知你們。但這裡每個人都只關心自己的工作。」

「可是我這星期還沒有時間去超市採購。我們沒有足夠的食物——像上次一樣。」

「那沒問題。高文達思瓦密正在齋戒。」

稍後，E.D.睡著前想到自己和父親的戲完全無關，覺得很慶幸。她有強烈的預感，一場災難即將發生。

18

傑克完成了抹髮膠的例行動作。他的臉轉來轉去，讓鏡子上的燈光照見上唇邊的幾根細毛。染成深色的話，他看起來就像十七歲了吧……不行嗎？那個演不成洛夫的紅髮男孩一定認為不行，他被分派飾演一個不知名的軍人。「讓你演那個角色實在太離譜了。觀眾才不會相信你的年齡足以成為納粹保衛軍了。」傑克提醒自己，那個紅髮男孩說的話不重要，其他演員也是，他們愛怎麼想就怎麼想，他們講什麼都無所謂。

昨天晚上第一次排練，魯道夫一開始就把話講清楚。他召集演員們對他們說，所有的事情都由導演決定，從選角開始，如果有人不滿意，可以去別的地方跟別的導演演別的戲。他曾經在全國各地許多劇場擔任導演，在外百老匯的票房紀錄也很好，不論在哪裡，他都堅持職業水準。「我是有職業水準的導演，也期望你們每個人都要有職業演員的表現。我不容忍遲到、懶散、漫不經心的態度。你或許不必參加每一次排練，但輪到你的時候，你要準時出現而且預先把自己的臺詞背好。在臺下時保持安靜，尊重臺上的演員。魯道夫・艾柏懷的劇組絕不允許任何不專業的表現。」

如果沒有這段開場白，傑克想，可能會有人公開抗爭。他們到那裡時，立即感覺四周氣氛充滿敵意，威斯頓一進去就躲到角落的椅子底下，直到要回家時才出來。

除了演主角的人，沒有人滿意自己的角色。很多人原本期望演主角，卻得到路人、修女或士兵的角色。這齣戲需要很多人，除了小孩角色以外，魯道夫幾乎用了所有來試鏡的人，但他們並不高興。「我從這棟房子還是共濟會的聚會所時就參與小劇場了。」傑克聽到某人說，「我一向都演主角！現在他引進這些……這些……外行人，好角色都給了他們。不像話！」

「沒有小角色，」聽他說話的女人回應，「只有……」

「你說得倒容易。你的角色有臺詞！」

「連莉亞·蒙秋思都沒被選上，」另一個人說，「是主任委員的女兒耶！」

「她還親自來看試鏡呢！」

魯道夫發表那段關於職業水準的訓話以後，大家停止了抱怨，但氣氛並沒有立即改善，直到排練完後，他提起可能有電視臺的人來拍攝這場演出，在全國電視網中報導，情況才改觀。「你們想想看，他們為什麼會注意到盤橋小劇場？」魯道夫問，「因為我們在做一件與眾不同、重要的事——新奇、有創意、真正美國版的經典音樂劇。」傑克不知道有沒有人認同所謂哲學思想的部分，總之，全國性電視報導的訊息終於安撫了他們。

威斯頓靠在浴室門邊嗚嗚叫，不斷在門上抓扒想要進來。傑克嘆口氣。他打開門，威斯頓搖搖擺擺進來，拚命搖尾巴。「嘿，老傢伙，你才不在乎我看起來像十三歲或十七歲，對不對？」他問，摸摸威斯頓的耳朵背後。這隻狗伸出長長的舌頭舔著他的手，留下一道口水印。傑克在褲子上抹抹手。「噁心，」他拍拍狗的頭說，「你啊，就是噁心。」

一小時以後，全家人聚在大房子裡吃早餐，露希的精神導師加入了他們。傑克看見那個人從小木屋那邊走過來，他走路的樣子使傑克聯想到威斯頓。他個子矮，身體圓滾滾的，穿著寬鬆的長褲和長衫，移動身體的樣子很像威斯頓，一路搖搖晃晃。他也有一雙深邃、沉靜，看似有點哀傷的眼睛。只不過在威斯頓身上，這些特徵恰好和搖個不停的尾巴形成對比；在高文達思瓦密身上，對比的則是滿臉燦爛的笑容。「我只要一杯茶。」他告訴他們，然後在餐桌的首位坐下，「我加入你們，分享你們的友誼。希望我的齋戒不會冒犯你們。」

冒犯個鬼喔，傑克想，這家人一定樂得不必與他分享早餐。一個大碗傳到傑米・伯恩斯坦面前，他看著碗裡僅剩的一匙炒蛋，自告奮勇拿採購清單去盤橋鎮跑一趟。亞契同意把卡車借給他。

早餐過後，傑克溜進教室，拿了一個空咖啡罐和從網站上列印下來的資料，匆匆忙忙跑去露希的菜園。那個早晨他和威斯頓從浴室出來時，正好聽到露希走進屋子裡大聲抱怨，說她種的香菜爬滿了毛毛蟲，快被吃光了。

她很溫和的請牠們離開，但牠們就是不走。這個方法對蛞蝓、蠼螋、甚至蚜蟲都有效。可是這些毛毛蟲拒絕聽她的話。她不願意用毒藥，也不想把牠們抓起來，因為毛毛蟲不管吃什麼，一旦開始吃了就要一直吃，不然會餓死。她詢問了自然神靈，他們沒有提供任何建議，只是消解她想要控制的欲望。「我想我們只好把香菜交給毛毛蟲了。我本來打算用香菜做塔布里燉飯呢。」

「你可以在採購單上加上香菜，超市有賣。」亞契建議。

「噢，才不要呢！上面都是農藥，可能還是基因改造的。」

露希的抱怨給了傑克靈感。他在菜園裡真的找到想找的東西。根據露希的描述，香菜上的毛毛蟲有綠黑條紋，一直不停的吃葉子。一株又一株都有毛毛蟲，有些剛孵出來還很小，有些肥肥的快要成蛹了。他一一比對資料上的圖片。他想的果然沒錯，牠們是黑鳳蝶的幼蟲，是卡羅萊那州最美麗的蝴蝶之一。資料上說，黑鳳蝶特別喜歡吃香菜。他非常小心的將幾隻毛毛蟲從香菜上拿起來，放進咖啡罐裡。然後摘下剩餘的香菜葉子放在毛毛蟲旁邊。這些不夠吃。他得趁伯恩斯坦出發前在清單裡加上香菜。他希望，如果他仔細清洗，店裡買來的香菜不會傷害毛毛蟲。他回到教室，找到一個空的水族箱，正好符合他的計畫。

今天的值班教師是傑帝達。傑帝達跟家裡其他大人不一樣，他真的都會出現。他還會檢查他們的作業，也會問問題。傑克很討厭輪到傑帝達的日子。這個老人第一次來時，問傑克：什麼會帶給他快樂。傑克聽不懂這個問題。「你的意思是問我喜歡做什麼嗎？」

「我的意思，」傑帝達說，「就是我說的話。什麼會帶給你快樂？」

傑克不知道怎麼回答。

「一旦你有了答案，你就會知道，你希望藉由教育得到什麼，你就有能力設計自己的課程。在那之前，就跟著E.D.做吧。」從此以後，每次輪到傑帝達值班的時候，他檢查傑克的作業時會看傑克一眼，臉上的表情似乎在說，傑克．森普完蛋了，永遠不會有出息。至於E.D.，當然不會得到這種待遇。

這次他至少有東西給傑帝達看了，而且不是E.D.想出來的。他把毛毛蟲和香菜放進玻璃箱裡，又放進一些樹枝，再用黏土把樹枝撐起來固定好，靠在玻璃上。他把棉布蓋在玻璃箱上，防止毛毛蟲爬出來，寫了一個標誌：蛻變，活生生的示範。他把標誌貼在玻璃箱正面。這種教學方式一定比用紙漿做毛毛蟲和蛹的模型好太多了。天運或所有其他人，可以親眼看到毛毛蟲結蛹，然後變成蝴蝶。

那個有黑鳳蝶幼蟲圖片的網站還建議，蝴蝶脫蛹而出後最好留在室內，不要立即放到外面去。這樣可以照顧和保護牠們的生命週期。讓更多蝴蝶先在室內安全長大，然後才放到野外，可增加牠們的數量。資料上說，因為農藥和惡化的生態環境，使蝴蝶正面臨生存危機。飼養牠們然後野放會有所幫助。網站上還有餵蝴蝶寶寶的食譜。據說，牠們認識你之後會站在你的手上進食。你可以調製一種飲料，將醬油、運動飲料和牛奶混合在一起，牠們會伸出細長的舌頭來吸。這種飲料聽起來很噁心，可是那個網站保證，蝴蝶一定會喜歡。也可以把普通的糖水或一片西瓜，放在牠們接觸得到的地方，牠們就會去吃。

他拿報紙遮住箱子，不讓E.D.或傑帝達一進教室就看到。然後，他坐在自己的位子上，看E.D.給他的那本關於南北戰爭的書。E.D.進了教室就開始整理這星期完成的東西，預備給傑帝達檢查。傑克哼起了《真善美》的主題曲。她還來不及抗議，傑帝達和天運已經走進來了。天運「雷伊歐、雷伊歐」個不停，大聲唱著〈寂寞的牧羊人〉。和往常一樣，他有點走音。

「傑帝達，」E.D.說，「叫他不要唱了！」

「現在暫停。」傑帝達對天運說。

「什麼是牧羊人？」天運問。

「帶羊到山上的草原去吃草的男孩。他要照顧羊群，保護牠們。」

「他為什麼寂寞？」

「假如你唯一的朋友是羊，你也會寂寞。」E.D.一邊說一邊將課程筆記遞給傑帝達。「我完成的每件事我都打勾了。蓋茲堡戰役的報告寫好了，還沒機會印出來。傑米一直在用電腦。」

「他應該知道你也需要用電腦。他有時候可以去借用豪爾的電腦。」傑帝達翻閱著E.D.的筆記本。「很好。很好。我看你開始讀《仲夏夜之夢》了。」他轉向傑克。「你開始了嗎？」

傑克搖頭。「我在讀《哈姆雷特》。因為跟黛拉的芭蕾舞有關。」他從E.D.臉上的表情推斷，她還沒有讀過《哈姆雷特》。很好。他總算有一件事超過她了。

「你讀了多少？」

「沒多少。我讀得很慢。我帶著書去排戲，可是在那裡不大容易專心。」

「我希望你不會因為《真善美》而耽誤學業。你知道，我們對你外公有責任，一定要讓你在這裡學到東西。」

傑帝達看了他一眼，又是那種表情。他是在警告傑克，演戲的機會就像香菸或耳機一樣隨時可能被搶走嗎？「我們只在晚上排戲，」傑克說，「我可以在白天讀書。」

「很好。」

「不過，我完成了蝴蝶計畫。」傑克說。

「你不能！」E.D.抗議，「它早就已經完成了。」

傑克走到玻璃箱旁，掀開報紙。「這是不同的方式，是比較好的教學方式。天運可以親眼看見整個蛻變過程——活生生的。」

E.D.瞪著玻璃箱。「那是什麼？」她看得更仔細一點。「黑鳳蝶？」

傑克點頭，輕聲哼起了〈寂寞的牧羊人〉。

「那些蟲蟲會變成蝴蝶？」天運問。傑克又點頭。

「我可以看到牠們長出翅膀？」

「當然。」

「好棒耶，傑克！」

傑克對E.D.微笑，E.D.氣憤的瞪著他。這一局，不良少年獲勝。

19

高文達思瓦密整個星期都在教他們打坐冥想。E.D.便把打坐冥想列入課程中的健康活動，這樣就算是學業的一部分。她現在盤腿坐在教室地板上，集中注意力練習呼吸。吸氣——吐氣——吸氣——吐氣。這個練習照理說能使她不胡思亂想，幫助她平衡，安定她的心。可是目前似乎沒有效果，她真的很想放聲尖叫。

豪爾不肯讓傑米用他的電腦。西波站在房門外跟他商量，他卻說他正在做個人網站賣他的雕塑品，時時刻刻需要用電腦。而且，他不能讓任何人進入他的房間，就像他不能出來一樣。「我的創造力需要隱私。」他隔著房門大喊。所以，傑米幾乎從早到晚都在使用教室裡的電腦。

他正在答答答的打電腦鍵盤。他昨天晚上在這裡，她等到最後不得不放棄，回房睡覺。今天一早八點半，他已經又坐在電腦前面了。她試著邊等他做完他的事，邊讀《仲夏夜之夢》，可是答答答的鍵盤聲一直使她無法專心。她無法做數學，語文藝術課的故事作業也沒寫。

她等爸爸一起床就去找他，請他出面搞定豪爾或傑米。可是他一直抱怨盤橋小劇場的戲進行得很不順利。他約了技術人員下午開會釐清問題，他沒有多餘的心思管這種小事情。小事情！

她去找媽媽想辦法。那真是錯誤的決定。她打開媽媽書房的門，才剛探頭，媽媽就拿起一本字典朝她丟過來。幸好，沒有真的丟在她身上，還差一點。西波・詹姆森正處於寫作瓶頸。E.D.希望媽媽能先知會大家。她如果知道的話，絕對不會接近她的書房。大家都曉得，西波有瓶頸的時候，最好離她遠一點。

E.D.把這件事歸咎於傑米。都是因為他在這裡，嚷著要報導西波偉大的小說，一直問東問西，還要求先睹為快，弄得西波不敢承認這本偉大的小說已經卡住了。「情節！」她向E.D.道歉之後說，「那是最大的麻煩，我一直只是在寫情節。我昨天早上竟然殺掉了一個角色。我沒辦法。我的大作快要變成皮杜妮·葛雷森偵探系列的續集了！」結果，E.D.下樓到廚房幫媽媽泡了一杯紓解壓力的茶。

她接著去找亞契，可是他去釣魚了。亞契最近不知道為什麼迷上了釣魚。E.D.找到露希的時候，她正在打坐冥想，在薰香迷霧中抬起頭對她微笑。她的笑容讓E.D.想起高文達思瓦密的笑容。「當下有什麼不如意？」她對E.D.說，「問問你自己，就會找到答案。」E.D.完全不明白露希在說什麼，但她知道自己又走入一條死巷子。

連傑帝達也讓她失望了。「不妨把它當成意外的恩典，」他說，「你現在怎麼會想坐在電腦前面呢。十月了，樹葉變色了，秋高氣爽，現在每天都看得到陽光和藍天。但是時間過得很快，雨季快來了。趁現在多到外面走走，去享受美好的世界。用心的聞，用心的聽，趁它們消失前趕緊把握。」

「我以為你希望我們學習！」她說。

「學習的方式有很多種。」她的爺爺回答。

E.D.發覺自己呼吸的節奏已經亂掉了。吸氣——吐氣——唉，沒有用。她睜開眼睛，映入眼簾的是傑克的蛻變實驗。幾乎有半數的毛毛蟲，身體已經變成深色半圓形，以吐出的細絲懸在他安置的樹枝上。其他的還一直在吃香菜葉，越來越胖，排出一堆小小圓圓的暗綠色糞便在水族箱底部。她痛恨傑克・森普。這個做法當然比紙漿模型好。為什麼她從來沒有想到去搜集毛毛蟲？

傑克做出水族箱實驗的那一天，也是他與E.D.合作學習的最後一天。那天，大家在晚餐桌上決議，他們兩個人不需要在同一班了。傑克已經表現出主動的能力，良好的判斷力、創造力，甚至合作的態度。所以不論傑克應該做什麼，除了唱歌以外，可以由他自己決定。她則像以前一樣管好自己就可以了。

在她看來，從那個時候開始，傑克所做的每樣事情幾乎都和真正的學習課程無關。他帶著威斯頓去登山健行，天運也常跟著去。他們帶了午餐在背包裡，接近傍晚才回來，全身又是汗又是泥，扯著嗓門大聲唱歌。然後他們會去查看毛毛蟲的情況，再整理一路上收集的東西。傑克說這算自然史研究。E.D.認為他胡說八道。

教室裡到處是他們的垃圾。幾個鞋盒裡裝滿綠葉，一碗一碗的山核桃、山毛櫸堅果、松毬和橡實，還有鳥羽毛和各種石頭。他們還從池塘舀來一瓶綠綠的臭水，天運說水裡有很多小蟲蟲，他們三不五時拿著放大鏡去看。傑克甚至沒有去找書查清楚那些到底是什麼蟲！天運說他們帶回來的每樣東西都是「魔術」，就像毛毛蟲一樣。她這個小弟大概會認識什麼是蛻變，但E.D.看得很清楚，其他的知識，他一樣也沒學到。

她鬆開雙腿，從地板上站起來。假如她不能寫故事、做數學或上網查資料，她只好帶著《仲夏夜之夢》到外面去，趕在雨季前讀完。

她正要從桌下的抽屜拿書出來，聽到車道上傳來一陣急促的煞車聲。車門「砰」的關上，重重的腳步咚咚咚跑上前門陽臺。「救命！」前門被用力打開，又用力的甩上。「救命！」，是她父親的聲音，大概從這裡到盤橋鎮的半路上都聽得見。「救命！我說，救命！救命！救命！緊要關頭，人怎麼都不見了？」安靜了一會兒。「失火了！」

傑米從電腦桌前跳起來。他和E.D.在門口相撞，因為兩個人同時要離開教室。他們到了前廳，西波正跑下樓梯，她的頭髮亂糟糟的，眼鏡掛在胸前晃盪。黛拉從廚房走出來，手裡拿著一個甜甜圈。

「大家說對了，」她父親說，「這年頭千萬別喊救命。沒人會來幫你。只要喊失火了，人們就像從地獄裡逃出來的蝙蝠，只為救自己一命。」

「怎麼了？」西波問，「發生什麼事？」

這時候，露希、高文達思瓦密和傑帝達紛紛來到陽臺上，為了誰扶著門、誰先進來，互相推讓。「有人要死了嗎？」高文達思瓦密問，「帶我去見他。是誰？」

「不是誰，是什麼，」魯道夫說，「快死了！已經死了！」

「你用不著這麼大聲，」西波說，「我們都在這裡。至少方圓十里之內的人都在這裡了。你到底在說什麼？」

「我的戲！我在說我的戲。《真善美》。你或許聽說過吧。」

「魯道夫，用不著諷刺人。」傑帝達說。

「他們都不幹了！」

「誰都不幹了？」

「所有技術人員。舞臺設計、服裝、編舞、燈光、道具，甚至舞臺總監！謀殺！正是如此。冷酷無情的謀殺。」

「發生什麼事？」

「發生什麼事？我剛剛說了。他們都不幹了。我找技術人員來開會釐清一些問題，才說了十分鐘，他們就全部站起來走掉了。什麼理由也沒有！」

「一定有理由的。沒有人會——」

「那個可惡的女人蒙秋思慫恿他們的，一定是這樣。自從我拒絕讓她那個沒天分的小鬼參與演出，她就一直想辦法除掉我。可是她不能直接取消這齣戲，不能反對我的選角方式。不然別人可能會說這是種族歧視，劇場會失去贊助經費。」

「到底他們說出來的理由是什麼？」西波堅持問清楚。

「哼，他們說我霸道。他們說我太要求完美。說我不尊重他們——這群愚蠢、無能、沒腦筋的白痴。我問你——」

「聽起來有道理。」傑帝達說。

「爸，別鬧。」

「哦，」西波說，「哦，我懂了。我終於明白你為什麼回來扯著嗓門喊救命了！你去那邊欺壓那些可憐的人——」

「欺壓？欺壓？我是導演。他們是技術人員——」

「你去那邊欺壓和貶低那些可憐的人，他們終於再也受不了了，現在你期望我們大家來救你。」

「我是期望我這些有才華又有創造力的家人挺身而出，在我最需要的時候支持我。」

「魯道夫，沒人要求你接受這個工作。」

「這是我的工作！我是導演。我要導戲。人家給我機會，我接受了。換成你們，難道不會這麼做嗎？這是危機，是緊急狀況，是大災難。」

「我們其他人也有自己的事要做。」西波說。

露希伸手拍著魯道夫的臂膀。「你，具體的說，需要什麼？」

「服裝。布景。道具。編舞。音樂。燈光。全部！」

「我可以幫忙做服裝，」露希說。她轉向西波。「我們可以一起做。你也暫時放下偉大的美國小說，休息一下，不行嗎？」

西波站在那裡不吭聲，一隻手扶著樓梯欄杆。她望了傑米一眼，再轉回來看著露希，小心的避開E.D.的目光。「嗯，這當然是很大的犧牲。這本書進行得那麼順利。不過……好吧。」她轉向魯道夫。「但我有一個條件。」

魯道夫重重嘆一口氣。「什麼條件？」

「你不可以欺壓我。假如你希望家人幫忙，你最好記住，我們個個都是獨立成熟的藝術家。你可以做你的導演，但不能欺壓別人！」

「親愛的，你最了解我了。我總是尊重值得尊重的人。」

樓上的房門打開。「我可以設計布景。」豪爾的聲音傳下來。門又關上了。

「我想亞契和我可以負責搭建。」傑帝達說。

「好吧，好吧，」黛拉咬了一口甜甜圈。「我來編舞。」

「我還需要有人演奏音樂，」魯道夫說，「你可以嗎？」

黛拉搖頭。「我不會看譜，你知道的。我全憑感覺。」

「我可以小小的貢獻，」高文達思瓦密說，「彈我的西塔琴。」

「西塔琴？印度弦樂器？呃……呃，嗯，謝謝你的好意。可是我想羅傑和漢莫斯坦編曲的時候並沒有想用西塔琴演奏。」

傑米・伯恩斯坦清了清喉嚨。「哦……喏，我說，或許我可以演奏。」

「好極了！」魯道夫說，「劇場有還不錯的合成混音設備，我可以安排你……」

「嗯，我不會用。」

「你會什麼？德西馬琴？還是竹吹管（譯注：didgeridoo，澳洲原住民樂器。）？」

靜默了一會兒。傑米終於囁囁嚅嚅吐出幾個字，E.D.沒聽清楚。她的父親也是。

「什麼？你說什麼？」

伯恩斯坦又清了清喉嚨，「手風琴。」

「你開玩笑。」

伯恩斯坦抬起頭，嘴唇抿成一直線。「我沒開玩笑！我小時候跟家人去普科諾過暑假時學的。我穿著綢緞襯衫，和一個手風琴樂團一起表演！」

「你帶來了你的手風琴嗎？」

他搖頭。「當然沒有。沒有人知道。我從初中畢業以後就沒跟任何人說過。我可以請我媽寄來。」

「手風琴。手風琴版的《真善美》。哈，有何不可？」魯道夫說。「總比吹笛子好。」

E.D.轉身往教室走。這事就算再緊張刺激，跟她一點關係也沒有。她父親需要每個人，除了她以外。

「E.D.！」她父親大喊，「你去哪裡？」

「讀我的莎士比亞，」她說，「你不需要我。」

「不需要你？你沒聽見我說我的舞臺總監不幹了嗎？我當然需要你——最需要的就是你。這個家裡沒有別人有足夠的組織能力承擔這個工作！現在沒時間管莎士比亞了！有很多事要做。」

E.D.甩甩頭，想確定自己沒有聽錯。她父親伸手進公事包裡掏來掏去，拿出一個厚厚的公事夾、一本寫得密密麻麻的活頁簿，還有日曆。他把它們全部交給她。「我們去找個安靜的地方談，我要你趕快進入情況，準備今天晚上的排練。至於你們其他人，我們晚餐的時候再說。」

20

傑克正忙著準備去排戲，天運在一旁大聲唱著「雷依歐、雷依歐、雷依歐」，又是那首〈寂寞的牧羊人〉。他突然意識到，他的人生已經悄悄變了樣，完全不受自己控制。

他似乎和艾柏懷家分不開了。最先是威斯頓接納他，也不知道為什麼，接著就是天運。這小孩跟每個願意聽他講話的人解釋說，傑克是「世界上最棒的哥哥」。傑克一遍又一遍告訴他，雖然傑克也住在致知園，但不表示傑克是他哥哥。可是天運對於這類關乎事實的細節毫不在意。

全家人開始接手《真善美》的技術工程後，每個人都忙著這齣戲，無暇顧及一個四歲小孩。

傑克只需要晚上去排戲，不像其他人這麼忙碌。而且反正天運喜歡到處跟著他轉，他好像自然而然就成了全天候的保母。沒有人開口要他照顧天運，他也沒有說他自願做這件事。一切就自然而然的發生了。

傑克能理解為什麼天運覺得豪爾不像個哥哥。豪爾完成布景設計圖後，將它們放在房門外。他做了一個迷你模型，趁半夜時放在走道上。他以同樣的方式陸陸續續交出許多草圖，讓傑帝達和亞契照著圖在木工室做出各種舞臺道具。所以到目前為止，他還是一直待在房間裡。傑克從來沒有見過他。

致知園就像一個為了劇場而忙上忙下的蜂窩。這齣戲需要很多很多戲服，露希和西波兩人根本應付不來。所以黛拉被徵召加入製作戲服的行列，因為她很快就完成了編舞的工作，而且只需要參加幾次排演就好。露希有一臺縫紉機，他們又從外面租了兩臺，並且從鎮上買來一疋又一疋的布料。可是就算他們三人叫苦連天持續工作，也來不及趕出所有的修女袍，於是他們又請高文達思瓦密來幫忙，他還挺會用針線的。

傑克對於所謂的精神導師沒什麼概念，只知道他們會打坐冥想，但那不像是正常的工作。然而如果以高文達思瓦密為例，精神導師具備的才華還不少。自從魯道夫宣告了他的危機以後，就無人有空管廚房的事情，於是高文達思瓦密放棄了齋戒，負起料理飲食的責任。他的縫紉工夫還不錯，他的廚藝更是精采。菜色誇張、超級無敵……辣，但非常精采。

去超市採購不再是例行活動。高文達思瓦密不久就發現盤橋鎮的商店裡沒有需要的材料。他向亞契借卡車，然後出去好幾個小時，帶回幾大袋的米、肉、蔬菜，和各種奇怪的香草與香料，做出傑克從來沒見識過的料理。有一次，他把買回來的東西一一搬進屋內時，暫時將一大袋米放在地上，鬆綁的烏菲跑來咬破米袋。傑克看到高文達思瓦密若有所思的打量這隻羊。不過傑克覺得應該是自己胡思亂想。即使印度人吃羊肉——雖然傑克並不這麼認為——高文達思瓦密應該不可能去對付露希喜愛的羊。

在廚房裡觀看高文達思瓦密作菜，很像在上一堂精采的課。「熱情，」他告訴傑克和天運。他在廚房裡轉來轉去，不停切洗、攪拌和試味道。「所有的生命活動都一定要有熱情。所有的生命活動。打坐冥想、工作、作菜、吃。尤其是吃！」

艾柏懷家的人立即完全適應新的飲食方式。黛拉甚至不再喝那種綠綠的怪東西。不論他們多忙碌，只要一到午餐和晚餐時間，每個人都立刻放下手中的事情，聚在餐桌旁，享受高文達思瓦密準備的盛宴。有咖哩、水果加辣椒加香料調製的印度沾醬，以及非常鬆軟好吃的麵餅。擺出的食物再多，最後總被全部吃光光。有幾道菜辣得幾乎難以下嚥，但高文達思瓦密說優格和糖水能冷卻舌頭。他準備了很多優格，還有天運最愛喝的葡萄汁。

他們剛剛吃完晚餐。傑克的嘴裡還有咖哩羊肉的味道。他努力設想所有排練時該帶的東西。不容易啊。其他演員只要帶自己的劇本，或一壺水，還有在臺下打發時間用的東西。傑克得帶威斯頓的皮繩，以備牠在排演中需要到外面去。還有牠喝水的碟子，和一袋用來吸引牠注意力的肝臟點心——防止牠隨著手風琴的音樂狂吠。手風琴奏出的某些音符，似乎會引起這隻狗長嚎不止，只有肝臟點心才能使牠安靜下來。威斯頓的東西已經裝進了露希預備的大帆布袋裡。

天運的需求更複雜了。要讓這個小孩連續三或四、甚至五個小時都不會因為無聊而調皮搗蛋，實在不容易。相較於一般四歲小孩，天運對無聊的容忍度似乎特別低。傑克每天晚上絞盡腦汁，盡可能在袋子裡裝些能引起他興趣的東西。他會帶幾本圖畫書——絕對不能連續兩天帶同樣的書。他又拿了厚厚一本圖畫紙和一些彩色筆。他總是會放進一些玩具，雖然天運似乎對玩具並不特別感興趣。

上一次排演時，天運趁著傑克在臺上排練，拿著不知從哪裡找到的螺絲起子，把一個個觀眾席座椅的螺絲給鬆開了。但是沒有人注意到他做的事，直到來看排練的蒙秋思女士坐在其中一張椅子上，椅墊鬆脫、墜落，她自然跟著跌到地板上。她責怪魯道夫。魯道夫責怪傑克。

所以，現在，傑克遍尋教室，希望有什麼新點子。他加進一些樂高積木，色彩鮮豔的黏土，和一盒玩具迷你車。「你還想帶什麼嗎？」他問天運。

天運停止唱歌，想了一想。「毛毛蟲。」他說。

「不能帶毛毛蟲。」傑克告訴他。

「萬一我們不在的時候，牠們變成蝴蝶，怎麼辦？」

「牠們不會全部同時變成蝴蝶，」傑克向他保證。「我把蓋子拿掉，假如真的有毛毛蟲變成蝴蝶，牠會在教室裡面飛，我們回來就能看到。」

天運又繼續唱歌。黛拉急急忙忙走進來，手裡拿著一條深褐色長褲和一件襯衫，把它們丟給傑克。「你的，信差的制服。至少我覺得夠像了。我不知道三〇年代奧地利的信差穿什麼樣的衣服。你帶去，晚上排演的時候穿，看我們的國王怎麼說。如果他覺得可以，我算是又做完一件戲服了。只差帽子。我們還沒有帽子。」

天運停止唱歌。「我也要制服！也幫我做一件，黛！還要帽子。」

「這是戲服。你不在戲裡。沒有你的分。」黛拉斬釘截鐵的說。

「可是我想要嘛！跟傑克一樣。還有帽子。我要……」

「聽好，你這個小搗蛋，這齣戲裡有四十六個人，大部分每個人至少要四套戲服！沒有你的戲服！」

「我只有兩套，」傑克說，「這套和納粹保衛軍的制服。魯道夫說那套要用租的。」

「是的。可是我們還是得修改，讓它合身。我不是專門做戲服的。我是舞者！編舞家！沒有下次了，我告訴你。永遠，永遠，沒有下次了！」黛拉轉身往外走。「感謝修女院院長，」她邊走邊嘀咕，「她從頭到尾穿同一件長袍。我已經做好了。」

傑克摺好制服放進袋子裡，和天運的玩具擺在一起。「好了，小子，我們走吧。」

天運兩手交叉橫在胸前，站著不動。「我要戲服。我要在戲裡。」

「你不行，在戲裡要唱歌，還要演戲。」

「我會唱歌。戲要怎麼演？」

「要假裝你是別人。」傑克說。

「我會假裝。我常常假裝我是海盜。我……」

「太遲了。所有的角色都安排好了。你可以當觀眾。」

「觀眾有戲服嗎？」

「沒有，快點，該走了。」

他們去排演場需要用兩輛車。魯道夫開米雅達汽車載E.D.，十五分鐘前就出發了，因為他們得提早到劇場準備。黛拉開西波的富豪旅行車載傑米及他的手風琴、傑克、天運和威斯頓。通常天運會一路唱歌和講話直到盤橋鎮。今天晚上，他坐在後座的角落裡生悶氣。當時他的沉默讓人耳根清靜，似乎是好事情。

後來傑克才體會到，天運生悶氣絕對不可能是好事情。傑克換上信差的制服，魯道夫說他看起來像送快遞的。他剛和珍妮跳完舞步，正準備以親吻結束這場舞蹈，突然聞到燒焦的味道。他的目光越過珍妮的肩膀，看到一股白煙。

「失火了！」他大喊。

一片驚慌中，年紀最小的小演員跌下舞臺。她的尖叫加上威斯頓的狂吠，引起四面八方的吵嚷吼叫。

「快打911！」

「出去！出去！大家到外面去！」

「拿滅火器！」

「快打911！」

結果是E.D.找到滅火器，把火撲滅了。幸好火災沒有造成嚴重的傷害。火源在後臺的垃圾桶裡。天運把圖畫紙一張張撕下來，揉成紙團丟進去，用傑克的打火機將它們點燃。原來，傑克換上戲服上臺排練後，天運在他脫下的長褲口袋裡找到了打火機。

「我在假裝！」天運解釋。他被發現時手上還拿著犯罪的證據。「我假裝我是傑克，在燒掉他的學校。可是我沒有汽油。」

魯道夫宣判天運這輩子再也不能接觸火柴、打火機，甚至紙張。然後，當然，他還是責怪傑克。

21

E.D.還來不及感覺當英雄的滋味。「繼續排演，」情況一穩定下來，她父親便說，「火已經熄滅了。沒什麼大礙。下一幕準備。」

「下一幕戲需要所有小孩上場，」E.D.說，「演葛拉特的小孩摔下舞臺。她媽媽帶她去急診室了。」

「那今天晚上就暫時少一個吧。下一次排演再讓她補上來。」

「她不能來了，」說話的是個護士，她在戲裡演管家。「她的手臂斷了。」

「我們得換人演葛拉特。」E.D.對她父親說。

「不可能！其他來試這個角色的人都不行。所以我才選她。」

「我們還是非找到人不可。」E.D.說。

第二天一大早電話就響了，E.D.正在教室裡修改歷史課的進度。她的秋季研究計畫本來是美國南北內戰，現在改成二次世界大戰，特別是納粹軍隊占領奧地利的部分。這樣一來，這齣戲也算是功課。電話鈴又響了。響了三聲還沒有人接，E.D.拿起話筒。盤橋小劇場的主任委員蒙秋思太太打來的。「我想跟你父親說話！」那女人說，「我聽說昨天晚上有人在劇場裡縱火。」

「不是縱火，」E.D.趕緊安撫她，「純粹是意外。」

「我有我的消息來源，」那女人說，「他們說有人故意放火。還有，有小孩受傷……」

「只是一隻手臂斷了。」E.D.說。

「我希望跟魯道夫・艾柏懷說話。」

「很抱歉，他不在這裡。」E.D.說。嚴格講起來，她沒說謊。她父親的確不在教室裡。現在才早上八點。他在樓上，床上，睡得正熟。「請問你要留話嗎？」

「你告訴他，我要取消這齣戲。自從他接手這件事，我就一直很懷疑他的許多決定。而這……這場火災是最後一根稻草。盤橋小劇場是歷史古蹟，差點兒就毀了。至於受傷的人，我們的保險沒有……」

E.D.的腦筋動得很快。「電視臺的人一定會很震驚，他們要來拍攝首演。我想你知道他們要把這齣戲當成很重要的專題在全國電視網播映。」

「我不管這個，我只在乎未來的……」

E.D.趕緊補充。「其實，我也打算今天早上打電話給你。那個演葛拉特的小孩摔斷了手臂，如果這齣戲能照常演出的話，我們需要找人替代她。據我所知，你女兒有試過演這個角色以及布姬塔。我原本希望你能帶她來再試一次。

當然，如果這齣戲取消的話就用不著了……」

電話那頭陷入沉默，好一陣子只聽見指尖不停敲點著桌面。

「是公開的試鏡嗎？」

「噢，不。只有你女兒。我父親只是希望能再聽一次她的表演。他告訴我沒有別人可以演這個角色。事實上，他根本拒絕讓其他人再試一次。」

「這樣……這樣嘛……」敲點桌面的聲音又起。「他打算什麼時候見她？」

「或許你們兩位可以下午來我們家，」E.D.說，「你女兒試演完後，請你們留下來吃晚餐。今天的晚餐是炸雞。我們的助理製作人也會來吃晚餐。」這兩件事都是真的。高文達思瓦密答應他們今天有炸雞，而傑米現在都自稱助理製作人。「你可以順便和他討論電視轉播的事。」

這次沉默的時間大幅縮短。「晚餐嘛。我想我們大概可以吧。幾點呢？」

E.D.笑了。「排演七點開始。你們四點半來好嗎？你和你女兒先跟製作人見面，你女兒唱幾首歌，然後我們一起用餐。」

「好吧。四點半。不過你轉告你父親，以後排演的時候，一定要有更嚴謹的管理措施才行。」

「那當然。他昨天晚上也說了同樣的話——在意外發生之後。」這也是真話。「你不能讓天運離開你的視線，一刻也不行！」當時魯道夫對傑克說。而傑克提醒魯道夫，天運闖禍時他正在臺上排練。魯道夫就威脅說要用皮繩套住天運，綁在椅子上。

E.D.放下電話，嘆了一口氣。暫時擺平了。可是蒙秋思太太只是問題的一半，另一半是魯道夫·艾柏懷。

「休想！」他在早餐時聽完她的計畫後說，「我絕不可能用那個小孩演葛拉特。葛拉特是最小的。她一定得很小，而且要可愛。蒙秋思小孩的聲音難聽死了，她也不小，更不可愛。完全不可能！」

「我以為表象不重要。」西波抬起頭說。她正在縫戲服。

「那是當你有天分的時候。那孩子沒有。」

「至少聽聽看嘛，」E.D.極力說服。「反正他們四點半要來，而且會和我們一起吃晚餐。假如你不肯，蒙秋思太太一定會取消這齣戲。」

「隨她去！如果葛拉特的聲音像鋸子那麼難聽，不如取消算了。」

「不，不，不！」傑米・伯恩斯坦說，「如果這齣戲取消了，電視專輯也會被取消，我就再也沒機會做電視節目了。電視臺那些高層就是喜歡《真善美》有多元種族的噱頭！沒有這個噱頭，他們不會報導。」

「別讓電視臺的人取消我們的節目！」黛拉說，「我希望我的《奧菲麗雅之死》也被報導出來。」

「還有我的藝廊展覽，」亞契說，「和露希的新詩集。」

西波舉起她正在縫製的黑色戲服。「難道你想跟我說，我們做的這七百萬件修女道袍全部沒用了？難道你想跟我說，我放下寫作，停止創作我的名著，結果只是白忙一場？」

E.D.繼續發動攻擊。「好嘛，爸。只要聽聽莉亞‧蒙秋思就好。晚餐的時候跟她媽聊一聊。說不定你可以說服她讓這齣戲繼續進行，即使你不用她的女兒。你至少得試一試啊！」

「好吧。好吧！可是我絕不會，在任何情況之下，讓那個可怕的小女孩演葛拉特！」

22

大家都在大房子吃早餐，除了傑克以外。他很想暫時躲開天運一下，就留在紫藤小屋，乾吃穀類小甜圈，喝亞契早晨煮的咖啡。他三不五時丟一個小甜圈給威斯頓，牠跳到半空中接住，吞下去。傑克陶醉在對珍妮・奈爾的想像中，她已經取代黛拉在他心中的地位，成為他見過最美麗的女孩。外面突然傳來「雷伊歐、雷伊歐」的歌聲，有人在唱〈寂寞的牧羊人〉。

是天運，他想。在附近，越來越接近。他正考慮把自己關進房間裡，天運的歌聲卻漸漸遠去。他等了一下，或許自己還是安全的。可是沒多久，「雷伊歐、雷伊歐」的歌聲又越來越近。

更近。更近一點。傑克向後推開椅子，準備拔腿就跑，歌聲又漸漸遠去。這樣來來回回好幾遍，漸遠，漸近，漸遠，漸近。傑克忍住想去看這小孩在搞什麼的念頭。一旦天運看見他，他這一整天就別想再有獨處的時間了。

天運的歌聲突然停止。發出一聲驚呼，接著是一連串重重的腳步踏上陽臺。天運拉開紗門，穿過客廳，跑進廚房。沒多久，陽臺上傳來急促的蹄聲，烏菲撞破紗門衝進來。

傑克一抬頭正好看見那隻羊，黃黃的眼睛露出瘋狂的目光，羊角懸著扯下的紗網，用力推撞著沙發。威斯頓開始汪汪叫，牠的叫聲顯然激怒了這隻羊。沙發仍舊沒有被移開，烏菲撞了一次又一次之後終於發飆了，撞翻了檯燈和茶几，使整張河馬造型的咖啡桌側立起來，又撞倒書架、一大堆書和小蠟燭散落得到處都是。傑克急忙帶天運躲進他的房間，關上門，然後去對付那隻羊。他好不容易抓住一隻羊角，可是羊奮力掙脫後反過來衝撞他。

傑克大步跳到旁邊。他抓起餐桌的桌布，顧不得桌上的碗和杯子乒乒乓乓落到地板上，他把桌布拋出去蓋在羊的頭上，烏菲什麼也看不見，撞倒了一張椅子，又在餐桌旁撞來撞去，傑克抓住桌布緊緊拉著。

他跟羊一路纏鬥，把牠趕出門外、步下陽臺，費了好大的勁將桌布繞在羊脖子上綁起來當成繩索。然後，半拖半趕將羊帶回羊圈，趕進柵欄裡，一直保持安全距離的威斯頓跟在後面叫個不停。過了一會兒，天運出現了，領著溫馴的海瑟走過來。海瑟隨後也進入羊圈裡。「你待在欄杆外面。」傑克警告天運。他小心解開桌布，適時逃出羊圈並關上柵門，烏菲的羊角立刻很大聲的撞在柵欄上。

「我在趕羊！」天運說，「就像那首歌一樣。」

「看起來比較像烏菲在趕你。」傑克對他說。

「烏菲不喜歡被人家趕。」

「記住了吧！以後不要再去趕牠了。海瑟還好，可是你一定要離烏菲遠一點。」

下午四點半，傑克和天運在教室裡觀察蝴蝶的蛹，有一個懸在樹枝上的蛹開始有動靜了。一輛汽車開進來停在前院。傑克從窗戶望出去，看到蒙秋思太太和她女兒下車。跟平常一樣，蒙秋思太太的頭髮優雅的盤在頭上。她穿著一襲黃色絲質套裝。她的女兒，一個瘦瘦高高的小女孩，大約七、八歲，金黃色的頭髮綁成兩條辮子，穿著白色海軍領洋裝、發亮的白皮鞋和有蕾絲邊的白襪子，他們走上陽臺，進到屋裡。

過了一會兒，屋子裡傳出淒厲刺耳的嗓音，唱著走調的〈寂寞的牧羊人〉。

天運的鼻子緊貼著水族箱，說自己唱得比較好聽。他說得沒錯，傑克想。他和天運最近常常一起唱歌，經過這麼多練習，真的有差別。更何況，天運的歌聲從來就不像莉亞・蒙秋思這麼可怕。

有一個蛹殼裂開了，看起來完全不像蝴蝶的東西試圖從裡面爬出來。「看起來不大像耶，你覺得像嗎？」傑克問。天運搖搖頭。E.D.走進來，要求傑克去幫忙擺設餐桌。

「E.D.，你看！這個黏黏的東西在蛹裡。蝴蝶怎麼不見了？」

「那就是蝴蝶。」E.D.說。

「牠背上黑黑那團是翅膀，」傑克說，「等血液壓入翅脈，翅膀張開，乾了以後，牠就會飛了。你等著看吧。」

「那我不要去吃飯，」天運說，「我要看牠的翅膀飛起來。」

傑克自己也頗有同感。他從來沒有親眼見過蝴蝶破蛹而出。另一方面，他又不想錯過高文達思瓦密準備的晚餐。

「別擔心，」E.D.說，「在牠飛起來以前，我們早就吃完了。這要等很久很久。你在這裡會等得不耐煩。」

「你保證牠會變蝴蝶？」

「我保證。」

天運轉向傑克。「你保證嗎？」

「我保證。」

23

每個人在餐桌旁坐定了，多了好幾張椅子，這麼多人擠在一起幾乎動彈不得。威斯頓向來堅持蹲在桌底下傑克腳邊的位置，今晚也被趕到門外去了。E.D.坐在從廚房搬來的凳子上，她的位置非常有利於觀察她的父親和蒙秋思太太之間的互動。但他們根本沒有交談。她的父親坐在桌子的一端，刻意躲避任何人的目光。一盤接一盤的米飯、扁豆、水果醬、麵餅和優格醬繞著桌子傳到每個人面前，他只顧夾起食物放在自己的盤子裡，再把菜往旁邊傳。

蒙秋思太太擠在她女兒和傑米・伯恩斯坦之間，在E.D.的對面。她也只和傑米講話，不時問他一些身為電視節目製作人的甘苦，並有意無意的一直提起她女兒曾在盤橋小劇場演過許多角色。

高文達思瓦密捧著一個大碗從廚房走出來，將它呈給坐在桌首的傑帝達。「今晚的主菜，」他在靠廚房的位子上坐下。「是我承諾的——炸雞。」

傑帝達夾起一些放在自己的盤子裡，E.D.覺得看上去好像跟高文達思瓦密曾經做過的大部分主菜都差不多——大塊大塊的肉和蔬菜，淋上濃稠的紅色醬汁。她從來沒見過這種炸雞。

大碗傳到蒙秋思太太手中，她呆坐了一會兒，瞪著它。「你說是炸雞，是嗎？」她問。

高文達思瓦密點點頭。「炸雞。沒錯。高文達思瓦密家古老的傳家食譜。我母親常做，她的母親和她母親的母親也是。」

「哦！原來如此。跟我預期的不大一樣。」蒙秋思太太舀了一些放在盤子裡的米飯旁邊。

「你還需要一些優格醬。」高文達思瓦密說。

「不用了，謝謝你。我不大喜歡優格。」

「悉聽尊便。」

蒙秋思太太舀了一小匙炸雞，放在她女兒的盤子裡，然後把碗傳下去。

等每個人都拿好了自己要吃的東西，傑帝達要大家手牽手。「讓我們衷心感謝拉維・高文達思瓦密精湛、華麗又刺激的廚藝。感謝盤橋小劇場讓大家有機會同心協力，將創新的藝術風格展現在舞臺上。感謝所有奇妙的力量讓家人、朋友和同事聚在這裡享受豐盛的食物、友誼、和……」他講到這裡，看著魯道夫並刻意提高音量「……機智與常識。」

他們把手鬆開後，E.D.看到她父親埋頭猛吃。她不覺得他把話聽進去了。她目睹過莉亞・蒙秋思的表演之後，明白了他的困難。不只是因為這女孩長得太高，不適合扮演年紀最小的小孩角色，也不只是她的聲音，而是她整個人都不對勁。這女孩站在臺上像電線桿——僵硬又死板，雙手交疊在身體前面，像個古板的女高音。她唱起歌時，每個音節支離破碎，互不相連。她唸臺詞更糟糕。E.D.可以理解為什麼父親寧願取消這齣戲也不願意用她！

E.D.又看看蒙秋思太太。她正要吃炸雞。她咬了一口，眼睛頓時睜得好大。她慌亂的左看又看，像誤入陷阱的小動物，臉上浮現一片深紅色，眼中充滿淚水。她輕輕尖叫一聲，立刻用餐巾紙摀住嘴巴，然後吞嚥了一下，抓起她的水杯，一口氣咕嚕咕嚕灌下去。她的額頭開始冒汗。「很……很……有意思。」她好像掐著喉嚨說話。她對高文達思瓦密微笑。然後，她拿起她女兒的水杯，也喝光光。

「這些優格醬有冷卻舌頭的效果。」露希說。

「如果你覺得對你的味蕾來說太辣了，」高文達思瓦密慎重的說，「水其實並沒有幫助，它只是沖淡胃酸。」

「不會，不會！」蒙秋思太太停了幾秒鐘才開口。「不會太辣。很……好吃。」她用餐巾紙擦拭額頭上的汗。「我只是……嗯……口很渴。」

莉亞．蒙秋思一直撥弄盤裡的米飯。她又起一塊炸雞。她母親伸手要阻止她，可是她已經把雞塊送進嘴裡了。她一咬下去，尖叫起來。「辣！辣！媽咪——辣！」她吐出雞塊，伸手抓起她的水杯。杯子裡是空的。她繼續大聲尖叫。

「禮貌，親愛的莉亞，注意禮貌！」蒙秋思太太說，拍拍她女兒的背，她的臉更紅了。

西波坐在小女孩的另一邊，她拿起放在天運面前的葡萄汁，「試試這個，」一邊說邊把葡萄汁倒進空水杯裡，「糖水會減輕灼熱的感覺。」

莉亞停止尖叫，咕嚕咕嚕喝下葡萄汁。西波又灌滿她的杯子。蒙秋思太太舉起自己的杯子。「那個看起來不錯。我也來一點吧。」

沒用的傢伙，E.D.想。這些炸雞跟高文達思瓦密其他的菜比起來根本不算辣。她遞一盤麵包到對面。「她可能會喜歡麵包。米飯配水果醬也不錯。」

「很抱歉，」蒙秋思太太說，「她只是不習慣……外國菜。」

這場風波過後，晚餐進行得還算平順，E.D.想。莉亞只吃麵包，喝葡萄汁。蒙秋思太太的臉還有點紅紅的，不再說話了。她微笑、點頭，將雞塊在盤子裡移來移去，E.D.注意到她很小心的只取用沒沾到雞塊醬汁的米飯。

其他大人一直很愉快的聊《真善美》。他們不停的說布景和戲服進行得多麼順利，這齣戲的演出一定會多麼成功。傑米提到好幾次電視臺高層對這齣戲的選角方式特別感興趣，而且很驚訝這麼突破性的演出竟然發生在北卡羅萊那州的盤橋鎮。魯道夫從頭到尾保持沉默。

天運離桌兩次，跑去教室查看蝴蝶的動靜。傑克向大家解釋之後，莉亞·

蒙秋思表示她也很想跟去看看。她母親咬了一口麵包，隨意點點頭。

天運吃完淋了很多優格的炸雞，喝光他的葡萄汁，又起身離桌。「走吧！」他對莉亞說，「我打賭牠飛起來了。」

直到高文達思瓦密宣布今天的甜點是番紅花冰淇淋，大家才注意到天運和莉亞還沒回來。傑克被派去找他們。過了一會兒，他回來了。「他們不在教室裡。」

「你想他們大概在哪裡？」蒙秋思太太的聲音很緊張，不過還是小心的維持禮貌。

沒有人來得及回應，答案就出現了。外面傳來兩個人的聲音，其中一個扯著嗓子大聲唱有點走音的〈寂寞的牧羊人〉。

「糟了。」傑克說。

魯道夫直起身子，仔細聽。

傑克站起來朝前門走去。「我去確定天運有沒有……」

他的話被一陣令人毛骨悚然的尖叫聲打斷。歌聲停止了。狗開始狂吠。

「媽咪！媽咪！救命！媽咪！」

蒙秋思太太立刻從椅子上站起來，左推右擠的往女兒求救的方向走去。傑帝達、亞契和西波也都跳起來，跑向前門。他們到達門口時，莉亞哭哭啼啼的往裡面跑，從他們之間硬擠進來，衝過E.D.面前，鑽過桌子底下，投入她母親懷中。緊追在她後面的是烏菲，烏菲後面是叫個不停的威斯頓。烏菲撞開亞契和西波，衝向餐桌，震得所有的杯子和水瓶都翻倒了。

一隻黑鳳蝶拍著翅膀飛進飯廳，安詳的飛舞在這一片混亂之上。

24

傑克和亞契兩人一左一右各抓住烏菲的一隻角，一起死命的把這隻不停掙扎的羊拖出屋外。

「我們只是在趕海瑟，照你說的那樣，」天運一路緊跟著往羊圈走，一邊對傑克說，「可是烏菲也跑出來了。」

「我非用大鎖把柵門鎖起來不可！」亞契說。

他們回到大房子時，除了魯道夫以外，每個人都站在門前看著蒙秋思太太和莉亞走向他們的車。她的黃色絲質套裝，莉亞的白色海軍領洋裝和白襪子，都染上了紫色的漬痕。

「我們真的很抱歉，」西波說，「請你把衣

服送洗的帳單寄給我們好嗎？」

「不，不用了，不是你們的錯。」蒙秋思太太說。傑克覺得她正用超強的意志力想要維持鎮定的模樣。她的語調聽起來幾乎瀕臨歇斯底里。「而且，這一定洗不掉了。我們……我們……」她的聲音越來越微弱。

「我父親會打電話給你。」E.D.說。

高文達思瓦密向來笑容可掬的臉上皺起眉頭。「你還沒有吃到冰淇淋。」

「改天，再說了。」蒙秋思太太勉強說出幾個字，然後坐進車裡用力關緊車門。

這天晚上的排演沒有傑克的戲，其他人或是去劇場或是分頭去做自己的工作如道具、戲服等。他和天運留下來幫忙高文達思瓦密清理亂七八糟的飯廳。然後，傑克捉到了蝴蝶，天運給牠取名叫小黑，傑克想要說服天運把蝴蝶放到戶外。

「萬一下雨怎麼辦？」天運說。

「不會啦。就算下雨，蝴蝶本來就一天到晚在外面，雨天也一樣。」

天運嘟著嘴，兩隻手臂在胸前交叉，猛搖頭。「我要牠今天晚上睡在我房間。威斯頓可以在你房間，我要小黑在我房間。」

「可是牠需要吃東西！我們應該放牠到外面去找花粉。」

「外面天黑了。牠看不到花在哪裡。」

傑克記起網站上有教人家怎麼餵蝴蝶。是什麼呢？醬油，他記得。家裡有，還要牛奶。還有什麼？然後他想起來了。「不行，」他告訴天運，「我們沒有運動飲料。」

「我們有葡萄汁！」天運說。

「那不一樣。何況，都被烏菲打翻了。」

「家裡還有，我們可以再做。」

糖水，傑克又想到。也可以餵蝴蝶喝糖水。「我們不用葡萄汁。」

「那要用什麼？」

「糖水。」

「我們有！」天運說。

於是，等高文達思瓦密去做他例行的打坐冥想，傑克放小黑在廚房裡飛。牠立刻飛到地面上。威斯頓全身緊繃，兩隻耳朵豎起，尾巴向後伸成一條直線，目不轉睛看著蝴蝶緩緩拍動翅膀。牠一動也不動，過了許久，像一尊石頭雕像。突然，牠跳起來朝蝴蝶撲上去，牠沉重的軀體斜斜射向空中再墜落在蝴蝶先前停留的位置。天運驚叫，幸好蝴蝶已經翩翩飛到流理臺上。

接下來是一場小小的戰鬥。蝴蝶飛到地面，威斯頓追著牠跑；蝴蝶飛起來，威斯頓跳起來撲上去。天運大喊大叫要威斯頓停止，傑克拚命想抓住這隻狗的項圈。可是這隻向來笨拙懶散的狗，宛如啟動了狩獵的本能，突然變成矯捷的獵犬。牠不斷跳到空中，追捕飛舞的蝴蝶。傑克拿來網子，想捉住蝴蝶，使牠免於受到狗爪的傷害。這時，蝴蝶往天花板飛去，駐足在窗邊吊掛的盆栽上。牠停在那裡，翅膀輕輕張開、闔起、張開、闔起，彷彿整件事只是一場比賽，而牠贏得很容易。

傑克把威斯頓趕到屋外，然後燒熱水。

「為什麼要熱水？會燙到小黑的舌頭！」

「可以等涼了以後再給小黑喝。熱水會讓糖融化得快一點。」傑克說。水滾了，傑克放一杯糖在碗裡，加進一些熱水。他攪拌一下，又加一些水。「我想可以了。」他說。

天運皺起眉頭。「小黑不會喜歡這個。蝴蝶喜歡花。這個不像花那麼漂亮。」天運爬上凳子，從廚櫃裡拿出一包葡萄汁沖泡粉。「我們把它弄成紫色。比較漂亮。」

傑克聳聳肩。假如蝴蝶能喝醬油和運動飲料，葡萄汁大概也不會有什麼害處。

天運倒一整包沖泡粉在碗裡，傑克攪拌了一下。「好耶！」天運看著深紫色的糖水說，「很漂亮。」

傑克點頭。「小黑會喜歡。」

傑克倒了一些糖水在小碟子裡，把小碟子放在流理臺上。「一會兒就涼了，牠會來坐在碟子邊上喝，我猜。」

他們等啊等。小黑還在盆栽上。最後，傑克的手指伸向蝴蝶前面，以為會把牠嚇離盆栽、飛到流理臺上。沒想到，牠卻踏上他的手指。他謹慎的慢慢移動手指，擱在小碟子旁，蝴蝶伸出細長的黑舌頭。接著，蝴蝶輕巧的步下傑克的手，站上小碟子的邊緣，舌頭像長長的吸管吸著紫色糖水。

「有用耶！有用耶！」天運說。「牠在喝水。」

傑克幾乎不敢相信自己的眼睛。他真希望有帶E.D.的相機。

過了一會兒，小黑捲起舌頭，從小碟子上飛走了。他繞著廚房飛了好幾圈，然後停在天運的肩膀上。天運的眼睛睜得又大又圓。「你看，傑克。牠喜歡我耶！」

「牠當然喜歡你啊！現在，如果你很安靜，而且小心走，說不定牠會跟著你一起上樓回到你房間。」他拿起捕蝶網以備萬一，跟在天運後面。天運一小步一小步的移動，走出廚房，上樓去。

三個小時以後，傑克正在教室裡複習臺詞，魯道夫、E.D.、傑米和黛拉回家了。E.D.到教室裡查看有沒有蝴蝶破蛹而出。他告訴她小黑和糖水的事，她不相信。「你明天自己看就知道了。」他說。

「蝴蝶在哪裡？」她問。

「在天運的房裡。」

「天運已經睡著了嗎？」

「我下樓來的時候還沒有，他在唱歌給小黑聽。他說小黑是他最好的寵物，只可惜他不能抱牠。大約一個小時之前，我想哄他睡覺，可是沒用。他習慣等到排演結束才睡。」

「那很好。」

「為什麼？」

E.D.嘆氣。「爸決定了演葛拉特的替代人選。」

「不是莉亞·蒙秋思？」

「你知道魯道夫·艾柏懷是什麼樣的人。他當然不會用莉亞·蒙秋思。他明天一早就會打電話通知蒙秋思太太。她聽到他的決定以後，一定會取消這齣戲。他寧願他的音樂劇有好演員而不能演出，也不願意為了要演出而用爛演員。」

「他要用誰？」

「天運。」

傑克的下巴往下掉。「他不能用天運。葛拉特是女生！」

「他是導演，他要怎樣就怎樣。他要把葛拉特改成男生，叫他漢斯。天運夠小，也算可愛，比莉亞・蒙秋思好很多。對劇本其實沒有太大的影響。」

E.D.深深嘆一口氣。「可是，反正無所謂了。蒙秋思太太到現在還沒有取消這齣戲唯一的原因，她咬了一口高文達思瓦密的炸雞沒有馬上離開唯一的原因，就是她以為她女兒有機會上電視。一旦她知道沒希望了，一切就結束了。」

傑克覺得他的胃縮成一團。不！不能結束。這一年已經有夠多壞事發生在他身上了！他要演這齣戲。他要演洛夫。他要和珍妮・奈爾一起唱歌、跳舞，然後親吻。他要舉著槍阻止馮崔普一家逃亡。而且為了這些，他要剪短紅頭髮，拿掉眉環和所有的耳環。

「都是你的錯，」E.D.對他說，「是你教天運唱歌的。假如他沒聽到天運唱，他就只好用莉亞了。」

「我沒教天運，我只是跟他一起唱。只是練習。說不定你們全都能唱。」

「問題是，無所謂了。都結束了。」

傑克想著自從魯道夫要求全家人幫忙的那天開始，這個家發生的各種事情。他微笑起來。漸漸的，他的胃舒服多了。E.D.錯了。她身為艾柏懷家的人，怎麼可能以為就這樣結束了？他們每個人，包括隱形人豪爾，都已經將自己完全投入這齣戲了。不只是家人而已。還有伯恩斯坦，和高文達思瓦密。這已經不只是魯道夫一個人的戲了，大家也不再像當初那樣躲得遠遠的了。現在每個人都和這齣戲有關聯。

這些人投入工作的樣子讓傑克大開眼界。他們或許會呻吟、訴苦、鬧彆扭和抱怨有太多事要做，可是他們還是把所有別的事都放在一旁，專心做這件事。「熱情。」高文達思瓦密說過。應該是。艾柏懷家的人不論做什麼事，都充滿熱情。現在他們在乎這齣戲的程度，就像有些人在乎坐熱氣球環遊世界或獨自駕船橫越海洋或攀登埃弗勒斯峰一樣。「她可以取消，不過這齣戲一定會照演不誤。不管怎樣，一定會演，你看著好了。我跟你打賭。」

E.D.畢竟是艾柏懷家的人，他想。她不跟他打這個賭。

25

E.D.很早就醒了，煩惱著父親要打電話給蒙秋思太太。她試著讓自己再度入睡，試了半天沒有用。最後，她決定不要空著肚子面對災難，於是穿上牛仔褲和T恤，下樓去找東西吃。

天運已經起來了。她聽到他在廚房裡唱「Do-Re-Mi」。爸是對的，她想。天運的確唱得比莉亞・蒙秋思好太多了。她希望傑克說的話是真的，戲照常演出，天運就可以在舞臺上唱。她一進廚房，首先看到蝴蝶。牠站在裝滿紫色糖水的小碟子邊緣，輕巧的拍動翅膀，長管狀的舌頭伸進水裡。

然後她注意到流理臺上有一灘紫色糖水和一

個碗。然後她看到天運。他的脖子上圍著一條布滿紫色水漬的毛巾，頭髮裡都是紫色糖水，一直往下流到耳朵和脖子上。

他停止唱歌，對她露齒一笑。「牠很漂亮吧？牠叫小黑，牠整個晚上都在我房間裡。牠停在我的肩膀上，我還有餵牠。牠是我最好的寵物。牠……」

「你為什麼把糖水倒在頭髮上？」

「那個阿姨說葡萄汁洗不掉。傑克把我畫在頭髮上的顏色都洗掉了。現在我的頭髮可以一直是紫色了，就像傑克是紅色的一樣。」

E.D.叫弟弟站在水槽旁的凳子上，把他的頭放在水龍頭底下。這時，她父親走進來。黏黏的紫色糖水弄得到處亂七八糟，不過還是沒有使天運的頭髮變成紫色。顏色幾乎全洗掉了，他的頭髮上只留下一點很模糊的淡紫色。他的手和耳朵就沒那麼簡單。它們染成了深紫灰色，他的指甲幾乎全黑。

魯道夫站在門口觀望。E.D.緊張的等待他的反應。可是她父親只誇張的長嘆一聲。「太早起床大概就會發生這種事。」他嘀咕著準備煮咖啡。蝴蝶飛到盆栽上去了。

「不如早點解決算了。」魯道夫喝完咖啡後說。他起身去打電話給蒙秋思太太。E.D.用肥皂和小刷子一遍又一遍刷洗天運的雙手和指甲，直到顏色幾乎不見了。但她不敢用刷子洗他的耳朵，只好讓它自然褪色了。

十分鐘之後，她父親回來，一直搖頭。「本來應該很有趣的，讓一個名叫漢斯的紫耳朵小孩演這齣戲。」

「她取消了？」E.D.問。

「她取消了。」

「你有試著跟她講理嗎？」

「跟她講理？她嘰哩呱啦像個瘋子，我根本插不進話。她說我違背了她對我的信任，以及一個天真無辜八歲小孩的信任。你說她是什麼意思？我從來沒答應要讓那個可怕的小孩來演我的戲。」

E.D.一直沒有講清楚，她在電話裡邀請那女人來吃晚餐時對人家說了什麼。她判斷，現在也不是解釋的好時機。

「我跟你說，那女人越說越瘋狂。說什麼炸雞啦，假裝啦，還有差點害死她女兒的野獸啦。我沒法讓她停下來，只好掛斷電話。」

取消演出的消息在致知園裡傳開，就好像有人點燃一串鞭炮，一個接一個爆炸開來。沒有人責怪蒙秋思太太。他們全都怪魯道夫。「你從來不考慮別人，只為你自己著想！」她聽到她媽媽說。「又不是百老匯。一個小女孩能把你的戲怎麼樣？」E.D.只聽到她父親一再回答「藝術的尊嚴」。

傑帝達通常是家庭風暴中最穩定的磐石，但這次不同。他憤怒的說，他為了做布景延誤了顧客訂製的家具，而且木工室因此大量增加材料開銷。他聽起來不像平常的他，比較像波利。亞契大喊大叫，說他為了做布景而沒有時間完成兩件展覽品。黛拉最戲劇化。她舉起雙手擺在她父親面前。「看看它們。你看啊！我做到手指流血，我做到快瞎掉了，就為了小女孩洋裝上的蕾絲。除了蕾絲，還要編舞，還要教二十五個長了兩隻左腳的人跳華爾滋。我還為四件修女袍的下擺縫邊。你知道修女道袍的下擺繞一圈有多長嗎？」

傑米・伯恩斯坦一聽到這個消息就尖叫起來。拜魯道夫・艾柏懷之賜，他說，他的電視生涯結束了。「先是我的車，現在是我的事業——毀了，毀了！」魯道夫卻說，他的電視生涯實際上根本還沒有開始。傑米號啕大哭。傑克握緊拳頭，他的臉漲得幾乎跟頭髮一樣紅。他氣沖沖跑到草原上，威斯頓跟在後面。露希畢竟是露希，沒有發火、尖叫或哭泣。她的眼神飄向遠方，去打坐冥想了。

高文達思瓦密是唯一不為所動的人。「啊……」他莊嚴肅穆的說，「這是一件好事。每一件事的發生其實都有美好的理由，永遠如此。你將會明白。天意難測。」

E.D.到教室裡，看著兩隻蝴蝶正奮力從灰褐色的殼裡掙脫出來。她忍不住想起高文達思瓦密的話。聽起來很笨，很糟，很惡劣。每個人都很悲慘，他卻說他們的悲慘完全是好事。浪費這麼多時間和精力有什麼好？更別說有什麼美好的理由。打電話給每個全心全意要演這齣戲的人，告訴他們戲取消了，有什麼好的？

她父親會通知主要的演員，可是她是舞臺總監，她得通知其他配角。她連想都不敢想，更不敢去做。高文達思瓦密很像以前黑白電影裡的人，那些老電影無論如何，最後都有快樂的結局。

就在她想到那些老電影時，有個念頭突然閃過腦中。她父親曾經租過一部老電影，劇情是一個劇團失去了劇場，結果他們搬到穀倉裡表演。致知園有穀倉，一個大穀倉。他們有時候把車停在裡面，裡面還有除草機。可是空著的時候，的確很像劇場，只是沒有舞臺。也沒有座位，或燈光。說不定他們可以解決這些問題。他們得搭舞臺，找燈光、音響設備，和給觀眾坐的椅子。他們還要負責宣傳和售票。

他們辦得到嗎？

假如他們辦到了，傑米不必放棄他的電視事業。電視臺的人說不定更喜歡這種事——藝術工作的掙扎，克服萬難。今天星期五，十月十日。這齣戲預定首演的日期是二十四日。只剩兩個星期，十四天。E.D.去找她的父親。

26

傑克在旅行袋裡找到一根皺巴巴的香菸。他跑到樹林裡吸菸，威斯頓忠心耿耿的跟在後面。結果沒什麼用。他很驚訝的發現，他現在不喜歡菸在嘴裡的味道，恐怕他其實從來沒喜歡過。他吸兩口，就把菸踩熄了，胡亂咒罵一通，狠狠踢著樹幹。他想像一棟房子——蒙秋思太太的房子——燃起熊熊大火。盤橋小劇場轟然爆炸，漫天塵霧，就像電視上報導過一些高樓解構拆除的情形。威斯頓離得遠遠的趴著，用憂慮的眼神望著傑克。

「好啦，好啦，」他對狗說，「就算我有辦法，我大概也不會這麼做啦。」狗走近他一點。

「我們去走一走好了。」

他們兩個在致知園裡逛了一大圈回來，看到穀倉的門大開，汽車都移到車道上。傑帝達駕著除草機從穀倉裡出來，亞契和一個傑克從沒見過的年輕人扛著一疊二呎長四呎寬的木板走進去。黛拉和露希包著頭巾，拿著掃帚、拖把和水桶從大房子裡走出來。傑克感覺到四周充滿緊張亢奮的情緒，好像作戰部隊蓄勢待發，準備展開攻擊。

「去教室裡看你的工作是什麼！」黛拉對傑克大喊，「我記得你應該是要幫亞契和豪爾。」

亞契和豪爾？那個走進穀倉的陌生人是豪爾？——竟在大白天走出房間了。他站了一會兒，望著穀倉門口，沒多久就看到那兩個人出來。豪爾的身材跟傑克差不多，也穿得一身黑——黑鞋、黑褲，和黑色高領上衣。他有紅褐色的長髮，梳成一個馬尾。他也留了山羊鬍，很像魯道夫的翻版，不過更散亂些。豪爾・艾柏懷，這個十五歲的雕塑家，相貌介於他父親和姊姊之間，但滿臉痘子。不管發生什麼事，能把豪爾引出來必定是大事。很大、很大的事。

接下來十天，事情大到遠遠超過傑克最初的想像。即使每個人累到只剩最後一口氣，這齣戲還是會照常演出。每個演員都同意繼續參與演出。對他們大多數人來說，只是換個地方排戲而已，地點從盤橋鎮改到致知園。對艾柏懷家的人來說，卻完全是另一回事。

傑克一直以為他了解艾柏懷家的人和他們的熱情，可是他完全沒有料到，當他們所有人同時狂熱的投入同一件事時會是什麼樣子。以前讓人感覺辛苦的工作，和現在相比，簡直像在輕鬆愉快的度假。沒有所謂的雲雀和貓頭鷹了。工作日以繼夜、不眠不休的進行。睡覺的意思就是各自趁空檔時小睡片刻。傑克完全不管他的頭髮了，一有空間就睡覺。他幾乎沒時間洗澡，更別提用髮膠把頭髮梳成尖尖的這種事。

整個致知園完全變了樣。穀倉像指揮中心，漸漸從無到有變成一個劇場。卡車一輛接一輛載來他們租的椅子，還有或租或借或四處搜括來的燈、音響設備，以及木材。許許多多木材。穀倉的一邊搭起舞臺，閣樓就當成控制燈光和音效的地方。紫藤小屋當成戲服間，傑克的房間騰出來作為更衣室和存放戲服的地方。傑帝達的屋內加了一張行軍床給傑克睡，傑克和威斯頓和波利共用客廳。木工室當然是做布景和道具的地方。舞蹈室則用來排戲。天運搬進豪爾的房間，高文達思瓦密和伯恩斯坦同住在山茱萸小屋，香楓小屋當成了宿舍，讓來幫忙的人有地方休息。魯道夫認識的劇場工作者簡直不計其數，而且手邊都剛好沒有工作。他們一波又一波湧進來，盡可能住到不能再住下去為止，工作起來就像艾柏懷家的人一樣投入。

高文達思瓦密繼續掌廚，可是大家不再為了吃飯而放下工作。他要把食物送到穀倉、木工室、紫藤小屋和其他任何有人工作的地方。天運拉著小紅拖車跟在旁邊幫忙。有個木材行的司機有一天送貨來，看到辛辣咖哩蝦擺在兩個鋸木架之間的長板子上，立刻愛上了印度料理。他吃了兩大盤，下班後又帶兩個朋友來幫忙。他們的報酬就是吃得盡興的晚餐。這三個人連續來四天，搭建了可容納一百五十人的階梯式觀眾席。

每個人都有事做，包括天運，他像個送信或送貨的小弟，拉著小拖車在致知園裡到處跑，不停的講話或唱歌。西波和傑米負責行銷和宣傳，也寫新聞稿和發傳單，標題是「北卡羅萊納州有史以來最震撼人心的音樂劇」。

傑克每種事都做。有時候他幫忙搭舞臺，有時候他幫忙吊燈或拉電纜線。他和傑帝達花了兩天時間在外面到處找道具，他發現自己因此認識了一九三〇年奧地利家庭裡該有或不該有的東西。他們費了半天找遍骨董店、跳蚤市場和二手家具店，尋找可以擺在馮崔普家客廳裡的電話。他們最後在一家店裡找到了，店主人在報紙上看過這齣音樂劇的訊息，同意把電話借給他們，交換兩張首演的入場卷。

蒙秋思太太和魯道夫通過電話後，立即打電話給盤橋鎮的報紙宣布取消演出。有記者打電話給魯道夫詢問他的說法。從那時起，這個事件就像雪球越滾越大。州內許多報紙都報導了這則新聞，地方電臺的記者紛紛帶著攝影人員來採訪。這件事逐漸形成兩種不同的說法，各有各的英雄和壞蛋。一種說法是把魯道夫・艾柏懷形容成來自紐約的激進分子，企圖破壞偉大古老的南方傳統，而蒙秋思太太堅強的捍衛傳統；另一種說法認為魯道夫象徵開闊的新南方文化，而蒙秋思太太是落伍的守舊派。

「他們把藝術變成政治事件了！」魯道夫抱怨。

「宣傳就是宣傳，」伯恩斯坦說，「賣座最重要！」

一個濛濛細雨的午後，傑克拿著壞掉的燈管從穀倉出來，一個記者叫住他。「你就是那個在羅德島把學校燒掉的小孩，是不是？盤橋小劇場發生的火災跟你有關嗎？」

「無可奉告。」傑克說，然後急忙低頭往回走進穀倉裡。

27

E.D.的目光從電腦螢幕往上移。教室裡現在住了五隻蝴蝶，其中一隻從她身邊飛過，停在站在香瓜上的另一隻蝴蝶旁邊。牠把長長的舌頭伸進軟軟的橙色果肉裡。另外兩隻站在傑克桌上的小碟子上，吸著小碟子裡的糖水。自從天運的染髮事件後，任何會染色的東西都不准用來當蝴蝶的食物。天運的耳朵在褪色中，還剩一抹淡紫的痕跡。

以前，蝴蝶計畫對她很重要，現在卻覺得好遙遠。這十二天以來，這齣戲和穀倉（現在叫做致知園劇場）的事完全占據了他們的生活。她甚至不記得，按照她課程計畫，這星期該做什麼。

她打個呵欠。今天晚上是第一次正式彩排，她五點半就起床了。外面在下雨，如果雨下一整天就麻煩了。他們竭盡所能的搭建舞臺，但演員還是必須從一側下臺，繞過穀倉外面，再從另一側上臺。沒人認為這樣會有問題，因為兩個半月以來總共沒下過五十滴雨。北卡羅萊納州的這一帶發生罕見的乾旱。

不過傑帝達說，他活了七十年，最確定的就是不要相信天氣。他去採購道具的時候，買了兩打雨傘回來。他在舞臺兩側各放一打，讓演員下臺時拿起傘，跑出去繞過穀倉外面，上臺前放在另一側。舞臺工作人員、道具工作人員，和幫忙換戲服的人，大部分是從盤橋高中徵求來的義工，也必須從舞臺的一側繞過外面到另一側，但他們不可以使用這些雨傘。他們身上沒有戲服需要保護。E.D.正在打一張公告，說明雨天計畫。

她又檢查一次今天的工作清單，不覺微笑起來。這個不可能的任務好像真的會成功。如果成功了，跟她有很大的關係，不只因為這是她的點子，而且自從她父親同意在穀倉裡演出之後，她用盡全部精力和時間使所有的事情井然有序，順利進行。她從大人那邊弄清楚穀倉和排戲該完成的工作有哪些，做了一系列圖表、簽到表和進度計畫表。這些東西在教室裡取代了原先放地圖、報告和蝴蝶圖表的位置。現在，有一面牆是關於穀倉改建的事項。另一面牆是關於演員的部分，有排演進度表，試戲服時間表，還列出每位演員使用的道具。第三面牆是關於技術人員。她隨身的筆記本裡還有一張總表，並且不忘隨時更新圖表和進度表，方便任何人隨時查看最新的情況。

第四面牆留給地方新聞剪報和網路報導文章。這個事件的面貌一直在改變。起初是她父親和蒙秋思太太的新聞。然後傑克也捲入其中。有一家地方週刊描述演出這齣戲如何使一個不良少年改過自新。可是盤橋鎮的報紙登出了斗大的標題「盤橋鎮能否支撐兩個劇場？」，暗示一群「從北方來的新移民」在致知園建造劇場的目的是要使盤橋小劇場關門大吉。文章中還臆測發生在羅德島的校園火災事件跟小劇場「原因不明的火災」有可疑的關聯。

傑克說負面新聞對他沒有影響，可是魯道夫認為第二個報導不公平而大發雷霆，並痛罵隨之起舞的電視臺記者。「在他們取消演出之前，我們根本想都沒想過要自己蓋劇場！」露希負責管理戲服和電話售票，她說那篇報導登出來以後，訂票數量大增。傑米說過，宣傳就是宣傳。西波也說，新聞報導不只是有效的廣告，而且免費。他們在同一家報紙上刊登的廣告，可花了不少《皮杜妮・葛雷森》的錢。

不知是因為免費宣傳或是廣告的效果，售票情況好得出乎他們意料之外。離首演還有三天，已經有兩場全部售完，其他場次也賣得很不錯。首演那天的座位幾乎有一半留給媒體、捐贈道具和戲服的人，還有來幫忙的人，其他的票有三分之一給演員家屬。這麼多公關票減少了票房收入，但也保證最重要的首演場能座無虛席。那個晚上，全國電視聯播網的人要來採訪。

電視採訪小組今天會到，傑米緊張兮兮的。他去廚房吃早餐時，高文達思瓦密要他先至少花半小時打坐冥想，才准進食。接著西波堅持要每個人騰出一點時間清理房子。「我可不要讓全世界的人都認為《皮杜妮‧葛雷森》的作者住在豬窩裡。」現在，房子勉強可以見人了。整個艾柏懷家看起來很整潔，只要攝影機離衣櫥和櫃子遠一點。

穀倉的工作快完成了。他們已經在新搭好的舞臺上排演了三天。傑帝達還在做最後檢查。豪爾為布景上色，黛拉也來幫忙。

有隻蝴蝶停在E.D.手上，她輕輕將牠揮走。這些蝴蝶一點也不怕人。她聽到外面有車聲。過了一會兒，威斯頓開始汪汪叫。她猜大概是電視採訪的人。她趕快印出雨天計畫的公告，把它釘在牆上。她一邊忙，一邊聽到有人走進教室站在她背後。她轉頭去看，嚇一大跳，圖釘戳到了手指。她慘叫一聲。

「有這麼難看嗎？」

是傑克，他穿著平常的黑T恤和黑長褲。但只有這兩樣跟平常一樣。眉環不見了。所有的耳環不見了。連紅色的頭髮也不見了。現在他頂著深褐色的小平頭，頭髮短得可見頭皮。威斯頓在他身後，不斷低沉的咆哮。

「你覺得怎麼樣？」傑克說，「像不像納粹保衛軍？」

28

威斯頓對傑克的新造型感到很不安，不肯靠近接受安撫。牠後頸和尾巴下方的毛都豎起來。牠還是像往常一樣跟著他，不過保持著大約兩呎的距離，飽含疑慮的吠個不停。一小時以後，電視採訪的人來了，他們的廂型車上有許多天線和衛星碟。這隻狗還在不高興，牠不只對著車子狂吠，而且一看到他們下車就衝上前去，猛咬好幾隻穿著球鞋和長褲的腳。傑克得用肝臟點心引牠到教室裡。

肝臟點心真管用。威斯頓很快又像以前一樣伸直四肢，把鼻子放在前爪上，開始打鼾。傑克從窗戶望出去，看到攝影機、燈、電纜線和音效器材全都從車上卸下來，搬進屋裡。他很高興自己跟他們保持安全距離。他對別人說他不在乎負面報導，其實不完全真實。他現在希望別人把他當成演員，而不是從大城市來的壞孩子，但任何人永遠不知道媒體會怎麼說。

傑米・伯恩斯坦一聽到廂型車開進車道就跑過來。傑克看到他忙著自我介紹，跟每個從車上下來的人握手。顯然他並不認識這些人，他們也完全不知道他是誰，或他在這裡做什麼。大家都不大清楚助理製作人這個頭銜到底是什麼意思。在傑克看來，伯恩斯坦除了擋路之外沒什麼作用，像一隻興奮過度的小狗在那些工作人員之間團團轉。天運也出現了，不過他這回很聰明，只站在一旁觀看，雖然傑克還是遠遠看到他的嘴脣在動，好像一直在說話，大概是問問題，看起來沒有人回答他。

接著，來了一輛加長型轎車。有個拿著筆記板的男人下車，呼喊著伯恩斯坦的名字。他一定是傑米的朋友。他們兩人交談幾句，這個拿著筆記板的男人打開車門，讓一個身穿紅色套裝的金色短髮女人走下車。她是瑪莎・曼寧。傑克常在電視上看到她，感覺好像已經認識她似的。她在電視上顯得活潑、甜美又友善。現在看起來卻完全不一樣。他雖然聽不到他們講話，卻看得出來眼前這個女人一點也不活潑、甜美或友善。

她指指這裡、指指那裡，所有人都為了她的出現而改變原來正在做的事情。那個拿著筆記板的男人開始翻閱他手中的資料，顯得越來越苦惱。她跟伯恩斯坦講了幾句話，他便匆匆進屋裡拿來一瓶水，她從他手上一把搶過去，邊喝水邊踏上門前的臺階。

傑克在穀倉裡幫忙擺椅子，E.D.過來找威斯頓。「那個西部來的邪惡女巫要他們拍所有的動物，」她解釋道，「我媽說你最好也一起來。那些攝影師都很怕威斯頓，說牠剛才想咬他們。牠好點沒？牠習慣你的新髮型了嗎？」

「靠肝臟點心。」傑克說，跟著E.D.回大房子，威斯頓像往常一樣跟在後面。

「每個大人都採訪過了，都回去做自己的事了。」她邊走邊告訴他，「我媽的那一段最久，我爸很不高興。除了黛拉以外，他們不打算採訪小孩。我想那個邪惡女巫認為我們跟動物差不多，像用來點綴鏡頭的背景。」

客廳地板上有一大堆電纜線，走起路來很困難。許多又大又亮的燈照著沙發椅，瑪莎・曼寧正坐在那裡整理她的小卡片。有個穿牛仔褲的男人拿著一支化妝用的大刷子輕拍她的臉。波利被搬過來擺在沙發後面。波利忙著吃花生，花生殼都掉在地板上。傑米跟拿著筆記板的男人在後面小聲的交頭接耳，一副不知如何是好的樣子。

「那個女孩跟狗呢？」瑪莎・曼寧問，揮揮手趕走那個拿著美容刷的男人。然後她看到E.D.了。「喔，你在這裡！」

她看到威斯頓，大叫起來。「牠太完美了！真是太完美了！巴塞特獵犬最討喜了。過來，狗狗。到燈光下來，狗狗。」威斯頓朝她移動。她朝牠伸出手，牠坐下，跟她鮮紅的指甲保持一段距離。她向角落裡揮揮手。「過來這裡，小男孩……」傑克這才看到天運盤腿坐在地板上。「你什麼名字呀，你這個紫耳朵。」天運站起來朝她走去，他的臉上有一種傑克從來沒見過的表情。他有點膽怯，很像嚇壞了。「你來拍拍小狗狗，」這女人說，她的音調突然拉高，語音拖得長長的，「狗狗乖。叫牠搖搖尾巴。」

她指著一個攝影師說，「找個好一點的角度拍下來。看你能不能把鸚鵡也拍進去。他們處理報導時一定會想辦法把這隻該死的鸚鵡消音，我們應該盡量多拍一點，用牠做背景顏色還不錯。」

然後她注意到傑克。「這是誰？」她向拿著筆記板的男人招手。「查克，這是誰？有沒有人知道這是誰？」

「傑克。」天運說。他終於開口。這些人到底把他怎麼了？

「那個不良少年？不，不會吧。不可能。」她查看她的小卡片，然後又轉向查克。「你說那個姓森普的小孩是紅頭髮，而且穿了眉環和耳環之類的。」

查克迅速翻閱筆記板夾著的資料。「沒錯。我們從地方臺剪了一些他燒掉學校的新聞畫面。」

「他看起來一點也不像嘛！」

「你可以問我。」傑克對她說，「我會講話，就是我。我是傑克・森普，是一名演員。」

「唉，這樣很破壞畫面耶，」她說。有個男人扛著攝影機向傑克靠近，她揮揮手趕走那人。「他這個樣子就不必拍了，採訪也刪掉吧，查克。如果需要的話，就用那些舊畫面好了。」

查克丟掉筆記板。「我覺得你根本不在乎我要什麼，瑪莎。」攝影師撿起筆記板，遞還給他。

「我當然在乎，親愛的小查克。我重視從你嘴裡掉出來的每一顆珍珠。可是現在你應該去外面拍那些羊。不然等一下又下雨了，我要去喝咖啡。」

她起身走向廚房，傑克聽到高文達思瓦密在廚房裡愉快的哼著歌、清洗盤子。查克咒罵一句，波利重複一遍他的話，再加上幾句自己的。「這鳥很聰明。」他說。然後傑米帶著他和一位攝影師到外面去。

「那個女人叫我閉嘴！」天運說。

「幸好不是在媽媽接受採訪的時候。」E.D.說。

「採訪怎麼樣？」傑克問。

E.D.聳聳肩。「她問了很多問題，問每個人的工作——做家具、寫詩和寫書。還有致知園。爸當然談了很多《真善美》的事。還有穀倉。可是我覺得，好像跟傑米和那個製作人原先計畫的不一樣。她好像只管說一大堆話又拍一大堆畫面，至於怎麼處理，就丟給別人去煩惱。我爸要求他們播出剪接的帶子之前要先給他看過，可是傑米說不大可能。」

瑪莎・曼寧從廚房走出來，拿著一只咖啡杯在工作人員面前晃動，碎碎念著有的沒的。「廚房裡那個大師請你們都去喝咖啡。」化妝師又拿著美容刷走向她。「等一下啦，亨利！你沒看到這裡沒有攝影機嗎？」她在沙發上坐下，向後靠著椅墊，踢掉高跟鞋，雙手合捧著咖啡杯。她看了看傑克、E.D.和天運。「走開，小鬼。我需要清靜一下。順便把那隻笨狗也帶走。」她閉上眼睛，長吁了一聲。

E.D.正想開口說話，傑克卻對她搖搖手，他指給她看，有一隻蝴蝶從教室飛到這裡，飛向沙發。牠飛得忽高低，繞著那女人的頭轉了兩圈，然後輕巧的停在她捧著咖啡杯的一隻手上。

瑪莎・曼寧發出恐怖的尖叫聲，馬上被波利學去了。咖啡杯向上揚，咖啡濺出來飛到半空中，然後落在沙發和她身上。威斯頓跳上沙發，撲在瑪莎・曼寧身上，前爪伸向她的肩膀，企圖去抓盤旋在她頭頂上的蝴蝶。尖叫、咒罵聲不絕於耳。蝴蝶飛向廚房。

「把這隻野獸弄下去啊！」她發狂似的喊叫。

但這時威斯頓已經跳下沙發，又跑又跳的追在蝴蝶後面了。

「查克！亨利！快來！你們到哪……」波利陪瑪莎·曼寧一起尖著嗓子開罵。

傑克抓起E.D.和天運的手，三人拔腿跑回教室。他們關上教室的門，坐在地上哈哈大笑。

29

E.D.想，在她個人的歷史紀錄裡，首演這天很可能是她一生中最長、最累，而且最艱難的一天。或許有一天，她會把這些寫下來。

當天早上，還有一些戲服需要縫邊，有一些燈光需要重新調整。演員來致知園排戲時都把車停在草原上，所以這天該除草並放上標誌，讓觀眾知道這是停車的地方。豪爾和黛拉還在畫布景。詢問及購票的電話響個不停。高文達思瓦密決定除了正餐之外，還要做餅乾和水果酒在中場休息時販賣，所以他需要許多人手。有些演員白天不去上班，來這裡報到。技術支援的學生義工蹺課來幫忙。E.D.的朋友梅莉莎也沒去上課，盡力做任何她能做的事情。E.D.根本沒空和她敘舊。她忙得團團轉，查看每件事和每個人的情況。

只有她父親不擔心天氣。他宣稱掌管戲劇的神站在他們這一邊，還說那片越來越黑並可能帶來風雨的烏雲，在觀眾到來之前就會消失。瑪莎‧曼寧和她的工作人員一直胡亂走來走去，拿著攝影機到處找畫面，把麥克風硬推到人家面前，他們的電纜線老是絆到人。

縱然如此，當車子一輛一輛開進來，傑米在停車場指揮交通時，所有的事幾乎都已準備妥當。連天運的耳朵也沒問題了。露希做了一頂帽子給他，他每一幕戲都戴，包括穿著睡衣時。戲裡加了一句臺詞，說漢斯多麼喜歡帽子。

大家都忘了跟E.D.報告送出多少張首演的票，所以出席人數超過座位的數量。他們趕快多放一些折疊椅擠進去，演員的家屬也移位到控制音效和燈光的閣樓裡。

開演時間越來越近，E.D.從舞臺左側舞臺監督的位置望著滿場觀眾，她突然發現，雖然經歷這麼多排演和整個穀倉改建過程，但她從來沒有真正相信這件事會成功，致知園真的會有一個劇場，大家真的會來看戲。然而，現在他們都在這裡，一百七十七人。傑克的外公坐在第一排，在瑪莎・曼寧和製作人旁邊。三位攝影師在走道上就定位。

她深深吸一口氣，下指令關燈，整個劇場暗下來。傑米・伯恩斯坦開始用手風琴拉奏序曲，透過麥克風和音箱將音樂傳送到穀倉裡每個角落。在序曲的樂音中，所有的修女必須一個接一個走過E.D.面前，讓她點燃她們手上的蠟燭。這是魯道夫的安排，以燭光隊伍揭開序幕，修女們一邊唱歌一邊在舞臺上行進，用手中的燭光照亮整個劇場，這樣就不必另外再搭修道院教堂的布景了。

E.D.用打火機點燃一根又一根蠟燭，她的手在顫抖。這大概就是所謂的怯場，E.D.想。她的胃打結。她沒想到舞臺總監也會怯場。序曲結束，音樂轉為間奏，暗示聖詩開始。「Dixit Dominus Domino meo，」獨唱的修女拿著蠟燭踏上舞臺，唱出第一句，戲正式開始了。

上半場有十三幕戲。進行到第五幕瑪麗亞教馮崔普家小孩唱完「Do-Re-Mi」，E.D.怯場的感覺完全消失了。到目前為止，她想像中的各種壞事，彩排時出現的各種意外，都沒有發生。演員都沒有忘記臺詞或歌詞。傑米在正確的時間拉奏正確的音樂。燈光準確的隨著她的指令或明或暗。所有兒童演員都完全照本演出，連天運也不例外。觀眾都在該鼓掌的時候鼓掌。或許她父親說對了，掌管戲劇的神站在他們這一邊！

看來如此。上半場順利結束，接著中場休息（觀眾有說有笑，都很高興的樣子，高文達思瓦密的餅乾和水果酒一掃而空。）然後下半場開始。

倒數第二幕戲，場景是卡爾茲堡音樂節。一開始是馮崔普上校彈著吉他唱〈小白花〉，瑪麗亞和七個孩子圍在他身邊。樂音中依稀聽見遠方有雷聲響起。接著，臺上唱到最後兩句歌詞時，雨點開始滴滴答答落在穀倉的屋頂上。歌曲結束，觀眾鼓掌，屋頂上的雨點越來越密集。然後，一個演員上臺宣布納粹軍方代表已抵達，要護送馮崔普上校去德國海軍報到。他講話時，雨珠滑下他的鼻子。

雨聲越來越大，那個演員只好越講越大聲，最後他使盡全力扯著嗓門向大家介紹馮崔普家出場唱安可曲。雷聲壓過了手風琴的前奏。馮崔普上校、瑪麗亞和七個小孩列隊進場，他們全緊張的望著傑米所在的方向。雨聲太大，E.D.聽不見音樂，顯然臺上的演員也聽不見。

「把音樂的音量調高！」E.D.低聲對著麥克風傳話給控音師。「演員聽不見音樂！」

她很費力才聽清楚麥克風傳回來的答覆：「我已經調高了。調到最大聲了！」

演員已經在臺上站成一排，個個十指交疊放在身體前面。但是他們沒有開始唱。九雙眼睛無奈的望著傑米，他拉奏的音樂沒人聽得見。雷聲轟轟作響。剛才宣布曲目的演員突然又出現在舞臺上，手上拿著一支大麥克風。他對著麥克風講話，聲音剛好稍微比屋頂上的雨聲大一點點。

「各位女士、各位先生，卡爾茲堡音樂節的節目要暫時中斷一下，等這場風雨越過山頭，再繼續表演。現在，讓我們一起來唱馮崔普家庭之前唱過的「Do-Re-Mi」。我相信你們都會唱，請跟我們一起唱吧！」

他對著麥克風大聲唱出第一句，臺上的演員跟著唱。所有的觀眾也開始唱起來，E.D.體會到做一齣人人熟悉的戲的好處。

全場在雷雨交加中興奮的唱了兩遍「Do-Re-Mi」，屋頂上的雨聲漸漸減弱。唱到第三遍的最後一句時，馮崔普上校走上前，從那名演員手中接過麥克風，請那名演員留在臺上，然後開始指揮觀眾。他舉起手指示大家安靜，以越來越低的音調唱出最後一句「Do ti la so fa me re……」他停住，環視全場，然後做出唱最後一個音符的手勢。

全場觀眾齊聲大喊「Do！」，好多人從座位上跳起來熱烈歡呼、跺腳和鼓掌。馮崔普上校等他們恢復平靜、重新坐定後，向傑米招手表示可以開始安可曲了。

E.D.鬆了一口氣。安可曲進行得很順利，馮崔普家的小孩兩個兩個高唱再見然後退場，剩天運站在馮崔普上校和瑪麗亞之間。當他唱到歌詞是太陽已經回家睡覺，雨還滴滴答答下不停時，觀眾哄堂大笑。有人在觀眾席高喊「我同意！」。天運完全不受影響，唱完歌，道過晚安，退場。歌聲結束後，全場掌聲依然熱情而響亮。

接下來，德國人發現馮崔普一家人逃跑了，這幕戲進行得很順利。E.D.正要指示燈光暗下來，外面突然出現一道強烈耀眼的藍白色閃光，透過穀倉門牆木板的每道細縫照進來，緊接著傳來爆炸聲響。燈光全沒了，E.D.的耳機突然變得靜悄悄。

「有人聽到我說話嗎？」E.D.低聲對著麥克風講話。沒有！她提詞本上的小燈也不亮了，後臺一片漆黑。「停電了！」她小聲的說。「趕快搭最後一幕，我來想辦法。找個人去叫傑米繼續演奏，直到我們叫他停為止。」她希望他即使看不到譜還是能拉奏音樂。

E.D.在腦中快速走一遍最後一幕戲的流程。最後一幕戲的燈光並不很強。場景是晚上馮崔普家躲在修道院外面的庭園裡，納粹軍人搜索修道院。傑克扮演的角色洛夫上了舞臺，他的手電筒要照到馮崔普上校和瑪麗亞。劇場裡需要一點亮光，讓觀眾比洛夫先看到他們。然後，當洛夫呼叫德國上尉時，手電筒的亮光又讓他看到莉絲，所以他最後決定不把這家人交給納粹。

如果舞臺上沒有一點燈光，觀眾可以隨著傑克，也就是洛夫的手電筒看到他照到的人，可是他們看不到拿著手電筒的人是洛夫。他們不會了解是洛夫對莉絲的愛促使他放走這家人，騙德國上尉說庭園裡沒有人。如果舞臺上沒有一點燈光，讓觀眾看到洛夫猶豫不決而產生懸疑的效果，這個結尾就沒有什麼意義了。要怎樣才能讓舞臺上有足夠的亮光演完這齣戲？

修女！拿蠟燭的修女。場景在修道院，這些修女本來就會上場唱最後一首歌。不論要多少修女上臺都沒有問題。在上半場演修女的人應該已經又穿上長袍，準備登場了。E.D.要做的，只是在這幕戲開始前將她們聚集起來，點燃她們的蠟燭。她們可以圍著修道院的庭園排成半圓形，她們的燭光應該足夠讓觀眾看清楚臺上的演出。舞臺工作人員正藉著傑克的手電筒的光，忙著最後一幕戲的布景。「傑克！」

「怎樣？怎麼辦？」

「我們需要所有的修女馬上過來。帶著她們的蠟燭。」她很快講一遍她的計畫，他嗯了一聲表示贊成。「也拿一、兩根蠟燭去給傑米，好讓他奏完最後一首歌。」她拿著手電筒保持適當的姿勢，讓換景的工作繼續進行，傑克馬上跑去告訴其他演員該怎麼做。

修女到齊了，她幫她們點燃蠟燭，她的手現在非常平穩。一定會成功的，她知道。她可以想像最後的畫面，修道院院長開始唱〈攀越群山〉最後一段副歌，然後其他修女加入，點亮希望之路，讓馮崔普一家人越過阿爾卑斯山到瑞士，獲得自由。她非常興奮，感覺好像是在幫助一個真實的家庭逃離納粹的魔掌。

30

「好評，全部都是！」魯道夫說。這已經不是新聞了，傑克想。全家人，包括豪爾，都聚在客廳裡，一起看各方評論，同時享用高文達思瓦密一夕成名的劇場水果酒和餅乾。每個人都讀了一遍又一遍，像他一樣，可能都背下來了，尤其是關於自己的部分。

魯道夫揮舞一份地方報紙，「盤橋報說盤橋鎮從來沒有見過本地演員表現出這樣的職業水準和才華。」他讀著手中的報紙。「還說是百老匯級的表演。嗯，他大概沒看過真正的百老匯。不過，你們聽聽這段：『盤橋小劇場的委員會應該反省為什麼取消這麼精采的表演。如果新成立的致知園劇場發展成季節性的固定演出，原來的地方劇場必將面臨生存危機。』聽到了沒，蒙秋思太太！」

「你當然不會考慮一整季的演出吧，」西波說，「你不會……」

「不行，」傑帝達說，「穀倉裡沒有暖氣。」

「夏天呢？」豪爾問，「我們可以在夏天演出！」所有的評論都提到充滿創意、精巧、美不勝收的布景。豪爾顯然重新考慮了他的生涯規劃。他房門上現在掛著「豪爾·艾柏懷，雕塑家兼舞臺設計師」。

亞契搖頭，「也沒有冷氣。」

「我們可以一年演兩季，」魯道夫說，「秋季和春季。我在考慮這個可能性。」

西波嘀咕，「那我得再寫十二本《皮杜妮·葛雷森》偵探小說來籌錢。你知道這齣戲花多少錢嗎？」

魯道夫不耐的揮揮手。「你不能把穀倉改建也算進去，再幾場這麼成功的戲就打平了。何況，你本來就該中止那本偉大的小說，你自己知道，不用假裝了。你喜歡皮杜妮・葛雷森。」

「如果還要做音樂劇，」黛拉說，「要增加舞蹈的比重。」

「不要修女！」露希說話了。「我這輩子永遠不要再做修女的長袍了。」

「用不著，」西波說，「我們已經有二十件了。」

「聽聽這個，」伯恩斯坦拿著網路上的評論。「這是夏洛市的報導：巧妙的選擇手風琴取代交響樂，使整齣戲帶有真實的提落爾民俗風味（譯注：提落爾，Tyrolean，意指橫亙奧地利西部與義大利北部的阿爾卑斯山脈區域。），實為一大創舉。手風琴成功的模仿管風琴的聲音，亦為修道院的戲增色不少。」

「我最喜歡拉雷市的這一篇報導，」露希說，「標題是『多元種族組合戰勝第三帝國的種族歧視』。評論人說，『觀眾起初很驚訝見到一位非裔美國人飾演瑪麗亞，後來卻完全忘記膚色的差異——為我們上了重要的一課』。」

「我早就告訴你們了吧！」魯道夫說。

「那篇也提到了蠟燭，對不對？」E.D.問。

露希點頭，繼續往下念。「最後一幕運用蠟燭的效果賦予結尾〈攀越群山〉特別的涵義，是極具震撼力的隱喻。馮崔普家庭合唱團選擇以他們的音樂點亮蠟燭，而非詛咒黑暗。」

「幸好我有遠見，一開始就安排燭光隊伍。」魯道夫說，「劇本上本來沒有，你們知道吧。」

E.D.反彈，「那是我的主意，你別想搶功！在壓力下緊急應變，才是這件事的重點。」

「好嘛，好嘛。可是我也很聰明的決定這麼做呀。」

傑克沒有專心聽他們講話。他的戲分不多，所以沒有預期那些評論者會注意到他，但幾乎每一篇都提到他，使他非常震驚。他將它們影印下來寄給父母親。「深具潛力的少年展現成熟的演技，角色雖小卻很有爆發力。」其中一篇這樣寫，「不論飾演戀愛中的青少年或納粹軍，都很有說服力。」另一篇說，「傑克・森普在這場令人印象深刻的音樂劇中，臺風穩健，和其他人的表演同樣精采。我們期待有更多機會聽到這個年輕人珠圓玉潤的歌聲。」傑克去查「珠圓玉潤」的意思，是形容歌聲宛轉甜美。以前從來沒有人把甜美和傑克・森普放在同一個句子裡。他要影印一張寄給羅德島的社工員。

「念我的。」天運說。他趴在地上緊鄰著威斯頓，拿著螢光筆畫圖。

「最年幼的馮崔普家庭成員，從小女孩葛拉特變成愛戴帽子的小男孩漢斯，由天運・艾柏懷以非比尋常的熱情與活力詮釋了這個角色。」

「非比尋常的熱情與活力，」西波重複一遍，「是你，沒錯。」

傑克想，應該說是整個艾柏懷家族吧！還有高文達思瓦密和伯恩斯坦。

一隻蝴蝶飛進來，停在高文達思瓦密的肩膀上。高文達思瓦密舉起他的玻璃杯，蝴蝶輕巧的站上杯緣，伸長舌頭喝水。

波利在電視採訪的人離開後，就留在大房子裡。牠張開翅膀，在棲木上跳了幾下，然後罵了一句髒話。

「這句是新的。」傑帝達說。

「牠跟瑪莎・曼寧學的。」黛拉說。

這大概是那些電視臺的人唯一留下的痕跡，傑克想。造成舞臺停電的那道閃電，擊中了他們的衛星碟。第二天，他們一早就帶著燒壞的器材走了。隔天，伯恩斯坦收到電視公司傳來的電子郵件，解釋說製作人因為緊張、疲累過度而請了休假，曼寧女士則跳槽到別家電視公司去了。因此，原本預定在晚間新聞播出十二分鐘的艾柏懷家傳奇，將剪輯成兩分半鐘。他們說，可能會在午後新聞的休閒娛樂單元中播出，假設那天沒有重大新聞的話。

伯恩斯坦收到這則訊息時，表現得很鎮定。「反正助理製作人其實什麼也不是。」他寫了一篇文章，關於電視大眾市場如何以廉價的藝術為導向。他把這篇文章投給原先找他來採訪西波・詹姆森的雜誌社。

現在，《真善美》進行得很順利，再一個星期就結束了。傑克想，到時艾柏懷家就會恢復正常，不論那是什麼意思。傑米計畫留在這裡，寫關於這家人的書。高文達思瓦密要去愛達荷州講課，主題是烹飪冥想。魯道夫接到賓夕維尼亞州某個劇場打來的電話，邀請他去導一齣「彩虹組合」的《真善美》，於聖誕節時上演。E.D.已經重新調整她的課程，繼已完成的蝴蝶計畫之後，研究羊的畜牧學。

至於傑克，他唯一確定的是，無論如何，他會想辦法讓自己再站上舞臺。如果傑帝達再問什麼帶給他喜悅，他現在有答案了。他可不想浪費珠圓玉潤的聲音和穩健的臺風。

「教育是不斷的冒險，為了探索生命的意義，並培養清晰思考的能力。」那幅標語又掛回教室，取代了穀倉重建計畫表。關於生命的意義，傑克現在知道的並不比他初到致知園時更多。不過，無論怎麼形容艾柏懷這家人的生活方式，用「不斷冒險」和「探索」準沒錯。他也開始有點明白清晰思考的重要性了。

威斯頓故意不理會高文達思瓦密的蝴蝶，嘆口氣翻個身，把頭擱在傑克的腳上。傑克抓抓牠的耳朵後面。天運一邊哼歌一邊畫圖。他抬起頭望著傑克。

「戲演完以後，你要把你的頭髮弄成什麼顏色？」

「我不知道，」傑克說，「你覺得什麼顏色好？」

「金黃色。」天運說，「我的顏色。」

傑克聳聳肩說，「褐色吧，我自己的顏色。」

國家圖書館出版品預行編目資料

破蛹而出 / 史蒂芬妮.司.托蘭（Stephanie S. Tolan）著；
柯倩華譯. -- 初版. -- 臺北市：幼獅, 2017.07
面； 公分. --(小說館；21)
譯自：Surviving the Applewhite

ISBN 978-986-449-073-8(平裝)

874.59 106003315

・小說館021・

破蛹而出

作　　者＝史蒂芬妮・司・托蘭（Stephanie S. Tolan）
譯　　者＝柯倩華
出 版 者＝幼獅文化事業股份有限公司
發 行 人＝李鍾桂
總 經 理＝王華金
總 編 輯＝林碧琪
主　　編＝林泊瑜
編　　輯＝黃淨閔
美術編輯＝游巧鈴
總 公 司＝10045臺北市重慶南路1段66-1號3樓
電　　話＝(02)2311-2832
傳　　真＝(02)2311-5368
郵政劃撥＝00033368

印　刷＝祥新印刷股份有限公司
定　價＝280元
港　幣＝93元
初　版＝2017.07　二刷＝2019.07
書　號＝987240

幼獅樂讀網
http://www.youth.com.tw
幼獅購物網
http://shopping.youth.com.tw
e-mail:customer@youth.com.tw

行政院新聞局核准登記證局版臺業字第0143號